光文社古典新訳文庫

アッシャー家の崩壊／黄金虫

ポー

小川高義訳

光文社

Title: The Fall of the House of Usher
1839
Annabel Lee
1849
Ligeia
1838
The Raven
1845
The Facts in the Case of M.Valdemar
1845
A Descent into the Maelström
1841
The Man of the Crowd
1840
The Purloined Letter
1844
The Gold-Bug
1843
Author: Edgar Allan Poe

『アッシャー家の崩壊／黄金虫』目次

アッシャー家の崩壊

かの心は、吊るしたリュート
触るれば、ただちに響くなり

——ド・ベランジェ

　その年の秋の日に、雲は空に重苦しいほど低く垂れ込め、あたりは鈍い薄闇に包まれて音もなく、ただ一人馬に乗る私は、この異様に荒(すさ)んで広がる土地を、ひたすらに進んでいた。そして、ついに夕暮れの影が色濃く迫る頃合いに、あの陰鬱なアッシャー家の館を見るまでになった。どういうことか今もわからないが、まず館を目にした瞬間から、耐えがたいばかりの暗澹(あんたん)たる気分が私の精神に染みわたった。そう、耐えがたいというのは、この感覚にまるで救いがなかったからだ。およそ自然界の形象を心に受けるとしたら、その凄(すさ)まじきもの恐ろしきものを、いかに厳しく見せつけられたとしても、どこか詩的であるがゆえに半ば愉悦でもある情緒に救われるものだ。私が目にした光景は、屋敷そのものと、ただ殺風景な土地、また吹きさらしの壁、うつろな目のような窓、ひょろひょろ伸びた菅(すげ)の草、立ち枯れそうな白い木の幹、というものだが、これを見ていると魂にずっしりと重みがかかり、もし現世にたとえるものがあるとするなら、阿片(あへん)の中毒者が夢から醒めきらず、いつもの現実に戻されることが苦々しく、目の前が晴れてしまうのが厭わしいとでも言うしかないような憂鬱を覚えていた。心は冷えて、沈んで、病んでいて――まるで荒みきったことしか思いつかなくなった心に回復の見込みはなく、どれだけ想像をかき立てて突きまわしても、もはや崇高な考えに向かわせることはできなかった。いったい何だろう、と私は立ち止まって考えた。ここからアッシャー家をながめているだけで、こうまで不安に駆られるのはなぜなのか。まるで解きようのない謎だった。また考えようとすると、おかしな幻影めいたものが押し寄せて、どうにも対処しきれない。もはや仕方なく、あまり気に入らない結論で落ち着くしかなかった。つまり、きわめて単純な自然の事象であっても、組み合わせ次第では人の心に甚大な影響をもたらすはずだが、その力を解析することは人智のおよばぬ深々とした思考領域にあるのだろう。それならば、とも考えた――この場面にある一つ一つの事柄、いわば絵画の細部であるものを、もし並べ換えるように見たならば、それだけでも風景がたたえる物悲しさの総量を低減ないし消滅させられるのではないか。そう思って私は馬の手綱を操り、館の手前にあって黒々とした水面をほのかに光らせて波一つ立てない不気味な沼に近づいて、崖のような岸から水面をのぞき込んでみたのだが――なおさら戦慄を覚えただけのことで――

くすんだ色の草と、くりぬいた目のような窓が、さかさまになって映る倒立像があるにすぎなかった。

だが私は、この暗澹たる館に、これから数週間は泊まり込むつもりで来たのである。館の主人はロデリック・アッシャーといって、若い頃の私とはおおいに気の合う親友だったのだが、一別以来、もう何年もの時が過ぎていた。しかし最近になって遠く離れていた私に手紙が来た。もちろん、この男からの手紙だが、ひどく懇願するような調子を帯びて、このまま放ってはおけないという気にさせるものだった。手紙の文字を見ただけでも、書き手の神経に乱れが生じていると思われた。にわかに病を発し——精神も憂鬱な変調を来して——どうしても会いたいと思うようになったという。もし親友であり、また彼にとっては唯一の友である私との旧交を温めるならば、いくらか症状を緩和することもできるだろう、といったようなこと、またそのほかのことが縷々語られていて——頼み事の内容もさりながら、その文面に現れた心のありようとして——もう私としては迷っている場合ではないと考えるしかなく、これに応じて馳せ参じたという次第だが、いまもなお奇妙な呼び出しがあるものだと思っていた。

若い時分には心の友と言ってもよかった相手なのに、そのわりに私の知らないことが多すぎた。やけに遠慮がちで、それが身についている男なのだ。しかし彼の家系にまつわる話で、私にもわかっていたことがある。はるかに遠い昔から、ある特異な気質が出現する家であって、そのおかげで高尚な芸術作品を産み出したという長い歴史もあるのだが、近年になると、まったく惜しみなく、かつ目立つこともない慈善事業を積み重ねたことがあり、また一方では音楽の研究をして、通常のわかりやすい音楽美よりも、きわめて精密な考察に情熱を傾けることがあったようだ。そして、もう一つ、めずらしい家系と言うべき事実があった。古くからの由緒ある家柄だが、いつの時代にあっても、まず枝分かれすることがなかったのだ。つまり、直系の一線だけで連綿と続いたのであり、たまに微動することはあっても、元の一線が揺らぐことはなかったのである。いわば欠落したせいだ、と私には思いあたることがあった。この家屋敷、および住まう人々の性質とされるもの、という二つはぴたりと符合していて、また何世紀もの時間が過ぎるうちには相互に影響したということもあろうが――こうして分家を出すという現象が欠落し、結果として父から子へとまっすぐに家督が継がれたからこそ、ついには屋敷と人間が一体のものとなり、元来は土地にそなわっていたはずの名称が、「アッシャー家」という人名とも地名ともつかぬ渾然(こんぜん)とした言い方になったのではあるまいか。小作の農民はこの言い方をしながらアッシャー家の人々と屋敷の双方を思い浮かべるようだった。

いささか子供じみた実験をしたら――つまり沼をのぞき込んだら――おかしな第一印象を深めるだけになったことは、すでに述べたとおりだ。私は急速に迷信にとらわれていたのだが――そう、まったく迷信と言ってよかろうが――その急な変化は、意識してしまった分だけ、なおさら急変となったに違いない。およそ恐怖感を下敷きとする心理にそのような逆説が作用することは、とうに私も承知している。水面の映像から目を上げて、ふたたび館の本体を見た私の心に、いかにも奇怪な幻想が生じたのは、そんな理由によるだけだったかもしれない。そう、あまりに突飛なことだ。ひしひしと迫ってくる気配が、あまりに強烈なものだったと言うにとどめよう。自分で想像をめぐらすうちに、すっかりその気になってしまって、この館の一帯、付近の領域には、ほかにはない変わった空気が瀰漫しているとと思ったのだ。いわば天空の大気とは縁もゆかりもなく、あたりで立ち枯れる木々、くすんだ壁、静まり返った沼から、じわじわと滲みだした毒気、得体の知れぬ妖気である。どんより淀んで、わずかな気配として漂い、鉛色を帯びている――。

私は夢であるに違いないものを精神から振り払い、あらためて館の本来の姿を見つめようとした。まず第一に特徴となるのは、とにかく古いということだ。年月による変色が目立っている。細かな菌類がびっしりと外壁にはびこり、軒先では蜘蛛の巣のように絡んで垂れていた。では廃屋になっているかというと、そうではない。石造りのどこにも崩れたような箇所はなかった。しっかり組まれた建物は、全体としては現在でも完璧だと見えるのだ。それでいて個々の石材はぼろぼろと崩れかけているのだから、ひどく矛盾しているようである。そういうところは誰も行かない地下蔵の木製品を思わせた。つまり外気の入らない蔵の中に放っておかれて、もう長年にわたって材料の木は朽ちているのに、一見すると元の外形を保っているということがある。とはいえ、この館の場合には、とりたてて大きな被害が出ている様子もなく、構造自体が不安定である兆候は見えなかった。ただ、もし徹底した観察眼を働かせれば、あるかなきかの亀裂を見ることにはなったかもしれない。そうであれば屋敷の正面で屋根から下へ壁をジグザグに走る線が、不気味に静まり返る沼の水に没していることに気づいたろう。

これだけのことを見ておいて、私は沼を抜ける土手道をたどり、館へと進んだ。下働きの男に馬をまかせ、ゴシック風のアーチ形をした玄関へ入る。その先の邸内では、するすると音もなく歩く使用人が案内に立って、いくつもの暗く入り組んだ廊下を黙ったまま通過し、主人の「スタジオ」だという部屋へ向かった。そこまでの経路で私が見たものは、なぜなのか釈然としないのだが、最前から述べているような正体不明の不安感を高めた。そのあたりの品物は――つまり天井には彫刻が施され、壁には陰気なタペストリーが掛かって、床材は黒檀のように真っ黒で、いくつも置かれた紋章付きの記念品は、前を通るとがたがた鳴り出して、また幻灯のようにも見えたのだが、そんなものなら、いや、それと似たようなものなら、私も幼い頃から見慣れていて――だから、めずらしいとは思わないと言ってもよかったが――そんなものを見て、ここまで不可思議な幻想をかき立てられるものなのか、という思いは抱かされた。すると、ある階段を上がっていたところで、この家の侍医と出くわした。顔つきからすると、なかなか狡猾のようでいながら困り果てているようにも見えた。おどおどと挨拶してから、この医師は離れていって、ほどなく使用人がドアを開けると、私は館の主人の前に案内されていた。

広々として天井の高い部屋だった。上端の尖った細長い窓がならんでいる。黒いオーク材の床よりもずっと高いところに窓があるので、室内にいて手が届くということはない。ぼんやりした赤い光が格子のある窓ガラスから洩れてくるので、光に浮かぶものは一応の輪郭をたどれるが、部屋の奥、また浮彫の模様をつけた丸天井の内側などは、いくら目をこらしても見通せるものではなかった。壁に掛かるタペストリーの色調も暗い。家具類はふんだんに置いてあるようだが、いずれも安らげるものではなく、古めかしく、ひどく傷んでいた。書籍、楽器が出しっ放しのように置かれて、その数は多いのだが部屋に活気を添えるにはいたらない。ここにいると吸い込む空気にまで悲嘆がまつわりついているようだ。もはや救いがたい徹底した暗黒の気が、ずっしりと部屋全体に落ちかかり、あらゆるものに染み込んでいた。

私が入ると、アッシャーは長々と寝そべっていたソファから立ち上がって、熱烈に迎えてくれたのだが、とっさに私は、いくら歓迎としても度が過ぎるのではないか――世に倦み疲れた男が無理な挙動におよんだのではないかと思った。しかし、その顔を見たら、まったく嘘でないことは納得した。それから座談となったのだが、まだ彼が口を開かないうちに、私は憐憫と畏怖の相半ばする心地になって彼を見ていた。このロデリック・アッシャーほど、これだけの時間にここまで変わってしまう人間がいるとは思われなかったのだ。いま目の前にいる衰えきった人物が、若かりし日々の親しき友と同一なのだとは、にわかに信じられるものではなかった。しかし容貌には以前からそのままの際立った特徴がある。顔色は死人のようだ。大きくて水をたたえたように光る目は、ほかに類がなかろう。いくぶん薄めの唇はきわめて血色に乏しいのだが、その描き出す曲線には格別の美しさがある。鼻は上品なユダヤ型ながら、そのわりに小鼻がふくらんでいる。すっきりした顎の輪郭は、すっきりしている分だけ気力に欠けるとも見られそうだ。ふわふわした髪のやわらかさは蜘蛛の糸にも勝るだろう。こういう顔をしていて、こめかみよりも上が異常に広がっているとなれば、そう簡単には忘れられない人相ができあがる。そうした元来の特徴、そこから伝わる印象が、ただ著しく昂進したことによって、いったい誰と話しているのかと思うほどの変化が生じていたのだった。すでに死相の出たような白い顔、もはや尋常ならざる目の光。そんなことが私には何よりも驚異であり、畏怖さえも覚えた。また絹糸のような髪は手入れもせず伸び放題であって、いわば空中にたなびくように、顔にかかるというよりは顔のまわりに漂っている。こんな奇怪な現象がただの人間にあり得るとは不思議だった。

また、この友人の様子を見ていると、どこか矛盾があるとも思わされた。おそらく動揺が癖になっていて——極度の不安症状らしいのだが——それに負けまいとして微々たる抵抗を続けるあまり、言行に乱れが出たのだろう。これは私も予期しなかったわけではない。あの手紙を読んだあとなのだ。また子供っぽい性癖を思い出したり、彼独特の体質気質から考えても、おかしなことではなかった。快活な動きを見せたかと思えば、はたと塞ぎ込んで静まる。その話す声はというと、わなわな震えて（すべての活力が一時停止したような）意志薄弱をうかがわせたのだが、しかし一転して精気をみなぎらせた断定調になり——ぶつ切りの太い声を悠然と放って——ずっしり重く一人で納得したような名調子を喉から響かすというところは、酒に溺れた飲んだくれ、度しがたい阿片中毒の男が、強烈に酔いしれて発する声に似ていた。

こんな具合に彼の話が続いて、なぜ私に来させたか、なぜ再会を熱望して、会えば心の安らぎを得られると思ったかということが語られた。また自身の病状についても、かなり踏み込んでいって、その根源と解釈している由来を述べた。すなわち身体と家系に悪いものが染みついていて、もはや療法があるとも思っていない。ただし——と、すぐに付言していたが——これは神経の病であるので、まもなく症状は消えるであろう。いまのところ不可思議な知覚となって、さまざまな現象が出ている——。このような込み入った話を聞かされていると妙に気になることはあったけれども、おそらく重要なのは、その言葉遣い、語り口の総体であったろう。ひどい過敏症に悩まされていたようだ。まったく刺激のない食品しか食べられない。ある生地の衣服しか着られない。あらゆる花の香りに圧迫感を覚える。わずかな光にも目が痛む。音の場合には、何らかの特定の音でなければ、というのは弦楽器なのだそうだが、ほかの音はおぞましく聞こえるだけだという。

どうやら通常とは異なる恐怖心にとりつかれて、身動きもままならないに近いらしい。「もう死ぬのだろう」と彼は言った。「こんな無様な体(てい)たらくで死ぬしかない。よりによって、こんな死に方をすることになろうとは！　今後どうなるのか恐ろしくてたまらない。いや、どうなろうと、それ自体たいしたことはあるまいが、そこから生じる結果が恐ろしい。こうまで魂が取り乱して耐えがたいのだから、どんなに些細(ささい)な出来事でも、この乱れに乗じて作用したらどうなるか、それを思うと恐ろしい。そう、危険が忌まわしいというのではない。だが危なくなれば絶対に生じるものがある。つまり恐怖——。だから危ないことはいやなのだ。こんなに精神の乱れた、こうまで哀れな状態では、もう時は迫っているだろう。遅かれ早かれ、すさまじい幻影と闘いながら、生命も理性も打ち捨てることになる。その幻影が、すなわち恐怖なのだ」

そしてもう一つ、切れ切れに、言葉の端々に出てくる手がかりから、この男の精神状態に見られるめずらしい特徴に私は気づいていた。おのれの居館、もう何年も外出をしたことがないという屋敷について迷信めいた心情があり、これを振りほどけなくなっていたようだ。ある力の作用を感じるのだそうで、それに関わる推論も述べていたが、まったく影のようにつかみどころがなくて、そっくり再説することはできない話だけれども、どうやらアッシャー家という建造物そのものに何らかの特性があって——彼に言わせれば、こちらが長らく黙っていたのをよいことに——いまや彼の精神に影響を及ぼすにいたっており、くすんだ壁や小塔、それが見下ろす黒い沼という物理的な形態が、とうとう彼という人間の精神的な資質に作用するようになったとのことだ。

ただし、と彼自身も言いづらそうに認めたことがある。いま彼を苦しめている特異な暗い影については、その大きな原因をたどれば、もっと具体性のある自然現象に行き着く——つまり長患いをしている妹が、もはや滅びの時も迫るほどの重病だという事情がある。この最愛の妹と昔から二人だけで暮らしてきた。この世にたった一人残る身内である。「もし妹が死んだら」と言った彼の苦しげな様子を、私が忘れることはあるまい。「こんな男が（絶望し、衰弱した男が）古くから続いたアッシャー家の最後になる」ということを彼が言っていると、レディ・マドライン（と呼ばれていた妹）が室内の奥まったあたりをゆっくりと通過して、私がいるとさえ気づかずに姿を消した。私はただ驚くしかなく、また恐ろしいとも思ったが、そんな心の内が自分でもわからなくなっていた。遠ざかる女の歩みを目で追いながら、茫然とするばかりだったのだ。そのうちにドアが閉まって彼女が見えなくなると、私の視線は本能に突き動かされるように兄である男の顔を求めた。だが彼は顔を両手に埋めていて、私から見るかぎりでは、痩せ細った指が尋常ならざる蒼白な色を帯び、その隙間から熱い涙が洩れているだけだった。

レディ・マドラインの病気は、もう長いこと医者には手の施しようがなくなっていた。慢性の無感覚症状、緩やかな進行性の衰弱、局部的な硬直を伴う一過性だが頻発する発作、というような診断が出るだけのことだ。この病気の重みを受けながら、これまでは寝たきりになることもなく耐えていたのだが、ちょうど私が到着した晩のこと、夜の帳（とばり）が下りるとともに彼女は（その兄が、夜半、たとえようもない動揺を見せて私に語ったところでは）ついに病魔の威力に屈したという。最前に私が見ていた姿が、おそらく最後の一瞥（いちべつ）になるだろう——少なくとも生きた姿として見ることは二度とない、ということであった。

それからの数日間、アッシャーも私も、その人の名前を口にすることはなかった。私には友の憂鬱を紛らわせてやることが何よりの関心事だった。二人で絵を描いたり、書を読んだりした。彼が即興で弾き鳴らす雄弁なギターに、夢見るように聞き入りもした。こうして更（さら）にまた更にと親密の度を深めて、彼の精神の奥深くまで踏み込んでいった私は、暗い心を明るくしてやろうとしても無駄であることを悟って、それだけに苦しまずにはいられなかった。あの暗い心からは、まるで実体をそなえているような闇がするすると流れ出して、ひとたび始まった闇の放散はとどまるところを知らず、精神界と物質界のすべてに落ちかかっていた。

こうしてアッシャー家の主人と過ごす時間が長くなり、それが重い意味を持つようにもなったことを、私は終生忘れることがあるまい。しかし、彼が私を巻き込んだ、あるいは案内してくれたとでも言おうか、そのように行なった研究ないし事業がいかなるものであったのか、どう語っても厳密には伝えきれないだろう。ひどく張りつめて狂気にも似た観念性が、あらゆる対象に硫黄の燃えるような光を浴びせていた。彼が即興で演じた長い哀歌の響きは、いつまでも私の耳に残るだろう。ウェーバー[1]が最後に書いた奔放なワルツが一種独特の改変を受けて高鳴ったことも、私が痛切なまでに覚えている例として挙げておこう。また彼が描いた絵は細密な幻想に覆われるようで、その制作が一筆ずつ進むのを見ていると、なぜかは知らず、それだけに寒気を覚えるような、不可思議な形象ができあがって――そのような絵については（いまなお私の眼前にありありと浮かぶのだが）いかに文字を書き連ねたところで語れることなど高が知れていよう。いわば真っ正直な、画家の意匠をむき出しにしたような絵であって、それが見る者を惹きつけ驚愕させた。人間の技にして、ある観念をそのまま絵画にしてみせた例があるとすれば、その人間はロデリック・アッシャーであったろう。少なくとも私にとっては――あの環境にいて見たかぎりでは――憂鬱にとりつかれた男が画布にたたきつけた純粋な抽象概念の群れの中から、耐えがたいほどの畏怖を抱かせるものが生じていた。それに比べれば、かのフューズリ[2]の幻想絵画でさえ、たしかに熱く迫ってくるのだが、まだ具象性がありすぎると思われて、あれほど極度に張りつめた畏怖となると、その影すらも感じたことがない。

わが友が目のくらむような幻想を繰り出した絵画にあって、一点だけ抽象の精神に徹するとまでは行かず、かろうじて薄い影を投げるように言葉で表せる作品がある。これは大変な奥行きのある四角い地下室ないしトンネルの内部を描いた小品で、低くなめらかな白壁が、まるで区切りも模様もなく続いていた。だが構図の中には小さな仕掛けも施してあって、この地下空間が地表を遠く離れて深いことをわからせる。はるかに延びた先までも出口らしきものは見えず、また灯火のような人工の光源も見あたらないのだが、強烈な光の奔流が隅々にまで渦を巻き、妖しいばかりの異様な明るさが全景に氾濫していた。

さきほど私は、ある弦楽器がもたらす音のほかは、あらゆる音楽に耐えられなく

1 カール・マリア・フリードリヒ・エルンスト・フォン・ウェーバー（一七八六—一八二六）は、ドイツロマン派初期の作曲家。「ウェーバーの最後のワルツ」とされる曲は、実際にはカール・ゴットリープ・ライシガー（一七九八—一八五九）の作。

2 ヘンリー・フューズリ（一七四一—一八二五）は、スイスに生まれ、イギリスで活躍した画家。ダンテ、シェイクスピアなどの文学作品から画題を選び、幻想的な作品を描いた。

なったという聴覚神経の異常についても述べた。したがって彼が弾ける楽器はギターだけになっていたのだが、そうした限界を持ったことが要因となって、彼の演奏は特異な性格を帯びたのだろう。しかし、即興で熱演して淀みがなかったことを思えば、それだけで説明がつくものではない。あの奔放な幻想曲の音調において、また歌詞においても（というのは押韻した即興詩で弾き語りをすることも稀ではなかったので）前述のように芸術的感興が最高度に達した瞬間にのみ見られる精神の集中、緊張があればこそ、あのような演奏ができたのだとしか思えなかった。そんな狂詩曲の中に、私がいまでも歌詞を思い出せるものがある。おそらく演奏を聴きながら、その詩の底流にアッシャーの意識が秘められているのではないかと思ったせいで、とくに強い印象が残ったのだろう。高邁なる理性が玉座の上で揺らいでいることを十二分に意識しているのではないかという気がしたのだった。「幽霊の宮殿」と題された詩は、一字一句まで正確とは言わないが、おおよそ次のようなものである。

I

どこよりも緑が濃く

天使たちの住む谷に
その昔、威容を誇る宮殿が――
　きらめく光の館となって聳(そび)え立ち
「思考」という名の王国に――
　堂々の姿を見せていた！
いかに高位の天使でも、これほど立派な王城に
　翼を広げたことはない

II

黄金色の旗は輝かしく
　屋根に翩翻(へんぽん)とひるがえり
（このことは――これすべて――はるかに遠い
　大昔のことである）
その甘美なる時代には
　そよ吹く風は、吹くたびに

羽根の立つ白い城壁にたわむれて
　翼のある芳香となって飛び去った

Ⅲ

幸いなる谷をさまよえば
　二つの明るい窓が開いていて
妙なるリュートの調べに合わせ
　舞い踊る精霊たちが見えていた
輪になって踊る中心の玉座には
（尊き血筋に生まれたる！）
この栄光にふさわしき
　王国の主の姿があった

Ⅳ

真珠とルビーに光り輝く

　城の大門
その扉を抜けて流れる、流れる、流れくる
　永遠にきらめく声は
一群の声の精
　甘き歌声の任務はひとつ
至上の美声を響かせて
　英邁(えいまい)な王を讃えて歌う

V

だが悲哀をまとう魔性の輩(やから)
　この王国の地を侵し
（ああ、嘆くべし、わびしくも王に夜明けはなく）
かつて栄光は王城を取り巻いて
　華々しく輝けり
いまはただ記憶もおぼろげな

VI

かの谷を行く旅人は
　赤い光の洩れる窓越しに
大きな影が奇怪に揺れて
　軋んだ旋律に舞うを見る
うらぶれた門からは
　おぞましき早瀬のように
醜悪なる群れが溢れて止まず
　高笑いして――もはや微笑むことはない

こんな歌詞からの連想によって二人で考えを進めることもあったのだが、そのうちにアッシャーの見解として一つ明白になってきたことを、私はよく覚えている。そのことに新味があったというよりは（つまり似たようなことを考えた人はいるのだけれども)*アッシャーが執拗に唱えていたので、いま話しておく次第である。概念としては、すべて植物には知覚があるということなのだが、彼の錯乱した奇想にあっては、さらに大胆な仮説となって無機物の世界にまで踏み込み、条件によっては無機物にも知覚があり得ると考えていた。この理論の総体を述べることや、彼がどれだけ夢中になって力説したかということについて、私は言葉を持たない。しかし、彼の持論が(さきほども少々は言ったように)父祖伝来の館の黒ずんだ石材に関わっていたのだとは言える。石を見れば知覚に達したことがよくわかる、と彼は考えた。あのように石材をならべた方法が、そのような知覚の生成をもたらした——石の配置があり、その配置をたどるように広がった菌類があって、立ちならぶ朽ち木のならび方もあり——そして何よりも、できあがった配置は乱れることなく長期にわたって存続し、静かな沼の水面に二重写しにもなってきた。その証拠も——もちろん知覚があるとい

＊[原注]ワトソン、パーシヴァル博士、スパランツァーニ、とくにランダフの主教。『化学論集』第五巻を参照。
[訳注]四つの名前のうち「ワトソン」は「ランダフの主教」と同一人物で、『化学論集』の著者。この原注はアッシャーの見解に科学的な根拠があったと匂わせるポーの演出である。

う証拠も——あるのだと彼は言い（聞いている私はぎくりとしたのだが）、沼にも壁にも、徐々にではあるが確実に、特有の気が生じて凝縮しつつあると指摘した。その結果が見えているのでもあるそうだ。つまり、ひたひたと迫る恐ろしい力があって、それが何世紀もの時間をかけてアッシャー家の命運を決めてきたのであり、また彼という人間をいま私が見ているような彼にした。こうした見解には注釈を要しない。私もそうしようとは思わない。

この家にあった書物は——長年、病人の精神生活にとって少なからぬ部分を担っていた書物は——おそらく予想はつくだろうが、こんな幻想趣味にぴたりと一致したものだった。二人で目を通そうとした本の例を挙げよう。グレッセの『ヴェール・ヴェール』と『シャルトルーズ』、マキャヴェリの『ベルフェゴール』、スウェーデンボリの『天界と地獄』、ホルベアの『ニイルス・クリムの地下旅行』、ロバート・フラッド、またジャン・ダンダジネ、ド・ラ・シャンブルの『手相学』、ティークの『青き彼方への旅』、カンパネラの『太陽の都』。とくに好んだのは小さな八つ折り判の一冊で、ドミニコ会士エイメリック・ド・ジロンヌによる『宗教裁判法』。またポンポニウス・メラが残した古代アフリカの山羊のような半獣神に関する記述を、アッシャーは何時間も夢心地で読みふけった。だが、何と言っても彼が喜んだのは、ゴシック文字の四つ折り判、とんでもない珍本で、いまは忘れ去られた会派の祈禱書(きとうしょ)だった。『マインツ聖歌隊による死者のための徹夜の祈り』

ある晩、この奇書に記された儀礼が、心気症の男には実際に影響したのかもしれないと考えざるを得なくなった。いかにも唐突に、もはやレディ・マドラインが生存していないことを告げた彼が、これから二週間（すなわち正式に埋葬するまでは）館の内部に何カ所も掘られている地下の一室に遺体を安置するという意向を述べたのである。だが異例の手順だとはいえ、現実を考えれば、あえて私などが疑問をさし挟む余地のない理由があった。そのような決断をしたのは（と彼が言ったのだが）死んだ妹の病気には特殊な性質があり、よく調べたいという再三の要望が医師団から出ていて、また一族の墓は遠くて吹きさらしの土地にあるという事情に鑑みてのことでもある。そうだとしたら、私が着いた日に階段で出会った人物の一癖ありげな顔つきを思い出すにつけても、せいぜい無害であって、また不自然とは言いがたい手立てを講じることに私から異を唱えたくはなかった。

アッシャーの求めに応じて、私も仮埋葬の作業に手を貸すことになった。すでに遺体の納まっていた棺を、アッシャーと私が二人で運んで安置したのである。地下室は（長いこと開かずの間になっていて、どんより沈んだ空気に押し潰されそうな灯火では、あまり日が届かなかったが）じっとり湿った小部屋であり、どこからも光は入らないようだった。かなり地下深くにあって、私が寝室としてあてがわれた部屋の直下に位置していた。どうやら遠い中世の時代には地下牢として凄惨な使われ方をしたらしい。床の一部分と、ここに通じるアーチ形の地下道の全体におよんで入念に銅板を張ってあるということは、時代が下ってからは火薬か何かの可燃物を保管したのであろう。分厚い鉄製の扉にも火気への用心が見られた。よほどに重量がある扉のようで、開閉時にはひどく鋭い音をたてて蝶番が軋んだ。

この凄まじい空間で、悲しき重荷を架台に載せてから、まだネジ釘で留めていなかった棺の蓋をずらして、中にいる人の顔を見下ろした。このとき私は、こうまで兄妹が似ていたのかと気づいて、あっと驚いていた。そうと察したらしいアッシャーがぼそぼそと呟いた言葉があって、それで私は故人と彼とが双子だったのであり、ほとんど理屈にならない共感が二人の間には常に存在していたことを知った。しかし、われわれの視線が死者に落ちていたのは、わずかな時間だけである。見れば畏怖を感じずにいられなかった。若い盛りの女性を埋葬させることになった病は、重度の強硬症を伴う疾病の例に洩れず、胸元や顔にほんのり赤みが差したかのような偽装を見せていたのだし、また不審なまでに消えやらぬ笑みが唇にあるのだから、これが死んでいる顔だと思うと恐ろしくもあったのだ。われわれは棺の蓋を元通りにして今度はネジ釘で固定し、鉄製の扉をしっかりと閉めてから、似たように暗いとしか言えない上階への通路を、どうにか辿（たど）っていった。

さて、それからの数日、つらい悲しみのうちに時間を過ごしてから、わが友の乱れた精神状態には、ある変化が目に見えて生じていた。いつもの彼らしさが消えた。いつもの習慣としていた行動は、もはや顧みられないか、捨てられたか、いずれかとしか思われない。ただ部屋から部屋へと歩く彼の足取りを見ていると、せかせかと落ち着きがなく、一定せず、何の用があってうろつくのかわからなかった。あの蒼白な顔の色は、まだ白くなれるのかと不思議なほどの怪奇な白さを帯びていたのだが、目に宿っていたはずの光は完全に消滅していた。がさついた声を聞かせることもなくなった。いまはもう極度に怯（おび）えたような弱々しく震える声があたりまえになっている。何か重苦しい秘密があるのに、それを言ってしまう決心がつきかねて、片時も精神が安まらないのではないか。そのように思えることも再三だった。また、それを言うなら、やることなすこと非合理な錯乱がもたらす奇行であると断じたくなったのも再三である。いつまでも虚空を睨(にら)んでいる場面を見たこともあったのだ。そうなると架空の物音に聞き入るかのように、無我夢中の姿になっていた。そんな様子に私が恐怖を覚えたのも――感化されていったのも――無理からぬことだったかもしれない。彼一流の風狂にして強烈な妄想が、徐々にではあるが確実に、私にもひたひたと迫っていたのである。

そんな押し寄せる力を格別に思い知らされたのは、レディ・マドラインを地下室に置いてから七日目か八日目の夜も更けて、私が床に就いてからのことである。眠りは一向に訪れないまま、時間だけがじりじりと過ぎていった。私は神経の不安にとらわれて、その不安を理詰めで払いのけようとした。全部ではなくても相当程度にまで、陰気な調度品に幻惑させられているせいなのだと自分に言い聞かせたのである。壁に掛けたカーテンの布は色調が暗く、また綻(ほころ)びてもいる。外で勢いを増す風が吹き込んで、この布が揺らめくことがあり、気紛れに行きつ戻りつ寝台の装飾をかすめていた。しかし、どのように考えても無益だった。細かい震えが全身に広がるのを抑えられず、ついには謂われのない不安が夢魔となって私の胸の上にどっかりと坐り込んでいた。私は息を喘がせ必死になってこれを振りほどくと、枕の上に身を起こして、この部屋の濃密な闇にじっと目をこらし、ある音を聞くように――なぜか知らず、ただ直感が働いたとしか言いようはないが――懸命に耳をすましているうちに、低い不明瞭な音が、嵐の吹きやんだ合間に、長い間隔を置いて、どこからともなく聞こえてきた。私は激しい恐怖心に襲われ、その正体はわからないまま、ともかく耐えがたい恐ろしさにじっとしていられず、急いで着替えると（もはや寝られそうな夜ではない）、こうして落ち込んだ悲惨な状態から覚醒しようとして、室内を早足で行ったり来たり歩きだした。

こんなことを始めてから、さして時もかからず、すぐ近くで階段を軽く踏む足音がすることに、はたと気づいた。まもなくアッシャーのようだとわかって、それから一瞬のうちにドアをそっとたたく音があり、ランプをかざしたアッシャーが部屋に入ってきた。その顔色は例によって死人のように蒼白なのだが、このときには目に異常な高揚感が出て、やっと興奮状態を抑えている様子が歴然としていた。ただならぬ気配にぞっとする思いはあったのだが、これまで耐え忍んだ孤独にくらべれば、何にせよ上等であろうとも感じられて、よくぞ来てくれたという心地にさえなった。

「では、きみは見なかったのか」じっくりと周囲に目を配ってから、彼が唐突な言い方をした。「あれを見ていない？——いや待て、見せてやろう」そう言うと彼はランプの光にしっかりと覆いをかぶせておいて、すたすたと窓辺に歩いていき、外の嵐に向けて窓の一カ所を開け放った。

吹きすさぶ強風が入って身体を浮かされそうになった。ところが大荒れでありながら美しい夜だったとも言える。あれだけ恐ろしくも美しくもあったとは、まったく奇妙きわまりない夜だった。この近在だけで渦を巻くように風が勢いを増していたのだろう。風向きが何度も激しく変わった。雲は低く分厚く垂れ込めていた（いまにも館の小塔にのしかかりそうなほどだった）というのに、まるで生命を得て動きだしたかのように四方八方から高速でぶつかり合いながらも遠ざかって失せることはないのが見てとれた。そう、分厚く垂れ込める雲にそんな動きが見えていた——というのに月影や星影が見えることはなく、稲妻がひらめく瞬間もなかった。その一方で、ぼんやり明るく蒸発する靄（もや）のようなものが目に見えて、館の全体を包んで漂い、この異様な仄明（ほのあ）かりに映えたように、乱れた水蒸気の巨塊たる雲の底面が、また私たちを身近に取り巻く地上の事物までが、どれもみな朧気に発光しているのだった。

「いかん――こんなものを見るのではない！」私は慄然としながらアッシャーに言って、やんわりと力ずくで彼を窓辺から離し、椅子に坐らせた。「あのような現象は、たしかに不思議だと思うだろうが、正体は電気のいたずらだ。めずらしいものではない。あるいは、淀んだ沼から毒気が出て、災いの元になっているのかもしれない。もう窓は閉めよう。だいぶ空気が冷えてきたな。きみの身体に障ってはいけない。お好みの小説が一冊あるから僕が読んでやろう。それを聞いていればいい。こんな恐ろしげな夜は、二人でやり過ごすとしようじゃないか」

私が手にした古い書物はサー・ランスロット・キャニングの筆による『狂乱の邂逅』だった。これをアッシャー好みの本と称したのは、まともな意味ではなく、むしろ悲しい冗談になっていた。ただ荒削りで想像力に乏しい言葉がずらずら続くだけの書物なのだから、高尚な精神性に傾くアッシャーの気質からすれば、まず感興をそそるようなものではなかった。しかし手近にあったのは一冊だけだ。また（精神疾患の歴史を繙けば、おかしな類例には事欠かず）どれだけ愚かしい物語を読ませるのであっても、いま昂進している心気症がいくらかでも和らぐのではないかという一縷の望みにすがりもした。するとアッシャーはひどく熱心に耳を傾け、あるいは少なくともそのように見えていたので、これだけ快気するなら私の思惑は図に当たったと喜んでもよいところだった。

私は物語を読み進んで、世に知られた名場面にさしかかった。主人公エセルレッドが隠者の棲家（すみか）に入れてもらおうとして果たせず、それならばと武力で討ち入ろうとする。以下の件（くだり）には心当たりの向きも多かろう。

「さて、エセルレッド、もとより剛毅な男だが、飲んだ酒の勢いで弥（いや）が上にも猛々しく、隠者もまた強情にして狷介（けんかい）なれば、もはや談判の余地なし、是非に及ばず。双肩に降りかかる雨に嵐も近からんと思いつつ、鎚矛（つちほこ）を振るって扉にたたきつけ、鎧（よろい）の籠手（こて）が通るほどの穴を羽目板にあけたのを手がかりに渾身の力で引きつけると、ついに扉はめりめりと裂け、大きく割れた木材の乾いた音が森に鳴り響いて、風雲急を告げていた」

この一文を読み終えた私は、ぎくりとして一瞬動きを止めた。というのも心なしか（こんなものは幻想にとらわれての錯覚だと思い直したのだけれども）――心なしか、どこか邸内の奥まったところから、ぼんやりと私の耳にまで届いてきた音があるように思われて、まるでサー・ランスロットが描き出した場面そのままに、そっくり同じと言うしかないように聞こえたのだ。めりめり裂ける扉の音の反響だったとしても(押しかぶせたように鈍くなっていたとはいえ)さほどおかしくはなかったかもしれない。だが、私が気を取られたのは、こんな偶然もあるのかと思ったからにすぎないだろう。窓枠は激しく鳴っていて、まだまだ強まる嵐の夜には当たり前の雑然とした物音も聞こえていた中で、あの一つの音だけが私の気を引くなり心を乱すなりしたのだとは思われない。私は物語を進めた。

「ところが勇者エセルレッド、扉の内へ踏み込むと、もはや邪(よこしま)な隠者の影も形もないと知って、何たることかと憤慨したが、その代わりに座していたのが一匹の竜。鱗(うろこ)だらけの怪異な巨体を見せ、その舌は炎になって噴き出すという化け物が、床に銀を敷きつめた黄金宮を守っていた。宮殿の壁には輝く真鍮(しんちゅう)の盾が掛かっていて、その銘文は——

ここに入り来たらば、すでに制覇せり
さらに竜を斃(たお)さば、この盾を得るなりそこでエセルレッドは鎚矛を振り上げ、竜の頭を一撃すると、倒れ伏して毒気の息を吐いた竜が、おぞましき断末魔の叫びを上げて、さしものエセルレッドが思わず耳をふさぎたくなるほどの、まさに前代未聞、凄まじい絶叫となっていた」

ここでまた私は、はたと読むのをやめた。もはや驚愕の思いで——今度こそ間違いなく、この耳に聞こえたのが（どちらの方角から来るのかは見当もつかなかったが）どこか遠くから届くらしい低い音で、しかし凄まじい叫び声あるいは激しい摩擦を長く引き伸ばしたような異常な音で——伝奇作者が巨竜の叫びとして書いたものから私が思い浮かべていた幻想の音と、ぴたり一致していたのだった。

ふたたび奇々怪々の偶然に見舞われて、私は無数のせめぎ合う感覚に押し潰されそうになり、とりわけ驚異の念と極度の恐怖は重くのしかかってきていたのだが、それでも平常心が消え去ったわけではなく、うっかりしたことを言って友人の過敏になった神経を高ぶらせてはいけないという思慮は残っていた。その音に彼も気づいたのかどうか私にはまったく不明だったけれども、ここまでの数分間で彼の様子におかしな変化が生じていたことは間違いない。私に正対していたはずなのに、じりじりと椅子を回して、いまでは部屋のドアに顔を向けて坐っていた。私からは顔の全体は見えないが、その唇が何やら声もなくつぶやくように揺れているのがわかった。顔はかくんと前に落ちている――ただし、私がわずかに横顔として見るだけでも、かっと目を見開いているようなので、眠っているのではないことがわかる。身体の動きからしても、そうは考えられなかった。ゆらりゆらりと左右に振れて、静かな一定した揺れに乱れがない。これだけのことを見てとると、私はサー・ランスロットの物語を読み進めた。その続きは――

「さて、荒々しき竜の怒りを防いだ勇者は、真鍮の盾を思い出し、これを魔力から解き放たんとして、行く手にある竜の死骸を取り片付け、銀を敷いた床を雄々しく進んで、壁に掛かる盾に近づいた。すると盾は勇者の接近を待つことなく、おのずと床に落ちて、けたたましく鳴り響くのであった」

ここまでの件（くだり）が一音ずつ私の口から出ていった直後に――この瞬間、そのような真鍮の盾が銀の床に重く落ちたのかと思うほどに――がらがらと鳴る金物の音が、はっきりと、しかし押さえ込まれたように響いてくると思われた。私はすっかり取り乱して立ち上がったのだが、アッシャーの身体が揺れ動く正確な振幅にはまったく変化がなかった。私は彼が坐る椅子に駆け寄った。彼は目の前を見据えて、顔は石のように強ばった無表情なものでしかない。だが、その肩に私が手を乗せると、彼の全身にぶるっと震えが走って、気味の悪い薄笑いが口元にちらついた。どうやら何か言っているようだ。私の存在などは知らぬげに、わけのわからない早口で低くつぶやいているのだった。私は顔を寄せていって、ようやく彼が発している言葉のおぞましき意味を呑み込むことになった。

「聞こえないか？——そう、聞こえるんだ、ずっと聞こえていた。ずっと——ずっと——何分も、何時間も、何日でも、僕には聞こえていて——それなのに僕は——ああ、何という、みじめな人間なのだろう！——どうしても僕には——言えなかった！妹を生きたまま葬ってしまったんだ！　僕は感覚が異常に鋭くなっていると言っただろう？　こうなったら言ってしまうが、あの棺の内部で動きだした弱々しい音が、僕には初めから聞こえていた。そうだよ——もう何日も前のことだ——それなのに僕には——言えなかった！　そうしたら今夜——エセルレッドが——は、は！——隠者の棲家の扉を破り、竜が断末魔の声を上げて、盾の音が鳴り響いた！——いや、それよりも棺をこじ開ける音、閉じ込めた墓所の鉄の蝶番が軋る音、銅張りの地下道を抜けようと足掻く音だ。ああ、どこへ逃げたらいい？　もうすぐ来るんじゃないのか？　早まったことをした僕を責めようと急いでいるのではないか？　いま階段に足音がしなかったか？　あの重く凄まじい音は心臓の鼓動ではないのか？　ああ、狂っている――」ここで彼は激高したように立って、魂までもかなぐり捨てるほど必死になり、一音ずつ絞り出すように叫んだ。「狂ってしまった！　すぐ外に立っているのがわかる！」

この異常な絶叫は人間の域を越えて魔力さえも宿したのか、彼が指さしただけで、古めかしい大扉がじわじわと分かれて後退し、重い黒檀の口を開けた。それ自体は吹き込む強風の仕業だったとしても、開け放たれた扉の外にすっくと立っていたのは、死装束をまとったレディ・マドラインの姿にほかならない。白い衣装が血に染まっていて、やつれきった全身に苦しみもがいた痕跡がある。部屋に入ろうとする間際で一瞬ふらふらと揺らいだが、それから低いうめき声を上げつつ、どっさりと倒れ込んで兄にのしかかり、今度こそ最期となる激しい苦悶の中で、その兄もまた倒されて死体となっていた。予期したとおり恐怖による絶命を遂げたのだ。

あの部屋から、あの屋敷から、私は慌てふためいて逃げ出した。どうにか沼の土手道にさしかかったが、まだ嵐は猛烈に吹き荒れていた。突然、この道を走り抜けて光が射したので、こんな尋常ならざる光がどこから来るのかと思って振り向いた。私の背後には壮大な館とその影しかないはずだ。ところが光の正体は、血のように赤い沈む満月なのだった。館の正面に、屋根から下へジグザグの線になって、あるかなきかの亀裂が生じていたことは、すでに述べた。いまは亀裂から赤い月が煌々と照っている。私が目を奪われていると、見る間に亀裂は広がって――強烈に巻く風が吹き寄せ――月は完全な球体となって視野に飛び込み――大きな壁という壁が総崩れになるのを目の当たりにする私の頭がくらくらして――怒濤の海のような長い叫びがあり――足元に迫る底深い沼の水が、ものも言わずに、瓦解したアッシャー家の残骸をじんわりと覆いつくしていた。

アナベル・リー

もう何年も前のこと
　とある海辺の王国に
一人の少女が住んでいた
　その名をアナベル・リーとしよう――
少女は思い惑うこともなく
　ただ私と愛し合って生きていた

少女は幼く、私も幼い
　海辺の王国のことだった
だが、この愛は、愛という以上の愛だった
　私と、私のアナベル・リー――
この愛は、有翼の天使セラフィムが

少女と私を羨むほどになっていた

それから事が始まって、ずっと昔の
　この海辺の王国に
風が夜の雲から吹き下ろし
　私のアナベル・リーが冷たくなった
高位の縁者が訪れて
　アナベル・リーを連れ去ると
この海辺の王国の
　とある墓所に葬った

天使たちは天国にあっても楽しまず
　少女と私が妬ましくさえなっていた
そう！　それから事が始まって（この海辺の王国の
　誰もが知っているように）

風が雲から吹き下ろし、
アナベル・リーを冷たい死んだものにした

だが私たちの愛は、はるかに強い愛だった
もっと大人の愛よりも——
知恵で上回る愛よりも——
そして天国にいる天使にも
海の底の魔物にも
この私の魂は、美しきアナベル・リーの魂から
切って離せるものではない——

月の光が射すたびに
美しきアナベル・リーの夢がよみがえり
夜空に星が出るたびに
美しきアナベル・リーの輝く瞳が見えている

こうして私は、夜もすがら
わが愛しき、愛しき、わが命、わが花嫁に添い寝する
　この海辺の墓所にある——
　海の近くの墓の中

ライジーア

また意志は内在して滅びず。おのずと生きる意志の不思議を誰が知ろう。神すらも意志である。万物に浸透して止まぬ意志を神というにすぎない。人間は天使に屈せず、死にも拉(ひし)がれず。もし敗れるとすれば、意志の弱さに敗れるのみ。

――ジョーゼフ・グランヴィル[1]

私がどのようにライジーアなる女性とめぐり会ったのか、いつのことか、また正確にはどこだったのか、どうしても思い出せなくなっている。あれから長い年月が過ぎ去り、おおいに苦しんだおかげで記憶も薄らいだ。あるいは、いまの私にそのような覚えがないのは、あの愛しき人の性質によるのかもしれない。稀(まれ)に見る学識をそなえ、どこか風変わりでありながら静寂をたたえた美しさがあって、なめらかに語る言葉は低音で奏でる音楽のように響いていた。そんなものが徐々に忍びよって、じっくりと私の心にしみてきたので、どこでどうなったかという記憶としては残らなかったのだろう。ただ、見知ってから何度となく会うようになったのは、どこかしらライン川に近いあたりの、なかなか大きな滅びゆく古都だったと思う。また家柄については――たしかに彼女の口から聞いたこともある。遠い昔からの古い家だったのは間違いない。ライジーア！　ライジーア！　いつも外界を黙殺するにはうってつけという類の学問に没頭している私は、ただ一つの甘い言葉だけで――ライジーアという名前だけで――いまは亡き女の幻影を眼前にまざまざと思い浮かべる。ところが、こうして書いていると、私の脳裏にひらめいて思い出すこともある。私の友となり、婚約もして、また学問上の伴侶になり、ついには最愛の妻ともなった女の父祖の姓を、私は全然知らなかったのだ。そんな詮索を無用としたのは、ライジーアが思いついた趣向だったのか、私の愛情を試そうとしたのか。あるいは気紛れを起こしたのは私であって――むやみにロマンチックな供え物を至上の熱愛という祭壇に捧げたのだったか。いまとなっては全然知らなかったという事実をぼんやりと思い出すのみである。そうであれば、その原因なり事情なりを忘れていても不思議ではあるまい。また、もしロマンスという名の精霊が――偶像を好むエジプトの、顔色は蒼然として霧の翼をつけた女神アシュトフェトが――不運に見舞われる結婚を司ったという言い伝えのとおりであるならば、たしかに私とライジーアの結婚もこの女神の影響下にあったと思ってよいだろう。

1　ジョーゼフ・グランヴィル（一六三六―八〇）は、イギリスの哲学者、宗教家。この引用は出典不詳。ポーの創作かとも思われる。

ただし大事な点が一つあって、それだけは忘れることができない。ライジーアの身体そのものだ。その容姿を言えば、背は高く、やや細身で、最期に近づいた日々には見るからに痩せていた。うまく言葉にすることはできないが、いわば名家の姫のような落ち着きが身についていて、そっと軽くしなやかな足の運びには信じがたいものがあった。影のように行き来したのである。私が書斎に閉じこもっていると、いつ彼女が入ったのかまったく気づかず、あの甘い低声の音楽のような言葉とともに、そっと肩に置かれる大理石のような手の感触があって、ようやく来たのだとわかった。そして美貌については、あれに匹敵する女はいない。あの輝きは阿片が生み出す夢のように――ふわりと精神を浮き立たせる映像となって、デロス島[2]の眠れる乙女らの魂に飛びかう幻想よりもなお凄まじいばかりに神々しいものだった。しかし、いわゆる美形ではない。キリスト教以前の古典時代に造型されて美の規範と教えられてきた様式とは異なっていた。「およそ極上の美となるには――」とヴェルラム卿ベーコン[3]も、あらゆる美の形態を論じつつ、「均整がとれた中にも、どこか異質なものがなければならぬ」という見解を述べている。ところが一方で、たしかに私はライジーアの容貌は古典の均整美とは違うと思っていて――あの美しさは間違いなく「極上」であって、また「異質なもの」が相当に入り込んでいるようにも思っていたのだが、では均衡を破るものは何なのか、どこが「異質」と感じられたのかというと、ついに探りあてることはできなかった。秀麗な色白の額の輪郭をたどるなら、まったく非の打ちどころがないのだが――そう言っただけでは、あの神聖なまでの気高さを伝えるには無力である！　純正な象牙の美品としか比べようのない肌が、悠揚たる広がりを見せていて、こめかみの上あたりに緩やかなふくらみがある。その上には鴉（からす）の羽毛のように黒く艶やかな髪が豊かに天然の波を打って、かのホメロスが「ヒヤシンスの花」にたとえた形状を彷彿（ほうふつ）とさせているのだった。また鼻は精緻な線を描き出して――あのような完璧な出来映えは、ヘブライ人が残した優美な浮彫りのメダルのほかには、どこにも見た覚えがなかった。すなわち、なめらかな極上の肌をして、さやかには見えぬほどに鷲鼻（わしばな）の特徴に傾き、調和のとれた鼻孔の曲線は自由の精神を物語る。そして愛らし

2　デロス島はエーゲ海に浮かぶギリシャの島。古代ギリシャでは聖地とされた。
3　フランシス・ベーコン（一五六一―一六二六）は、イギリスの哲学者。その随筆「美について」から。ポーが引用したことで、この考え方が知られるようになり、とくにフランスの文学・絵画に影響したと言われる。

い口をながめると、もはや天上界の美をまとめた傑作としか言えず――小さめの上唇は極めつきの曲線を見せて――ふっくらした下唇はまどろむように濃艶で――えくぼは戯れるように、唇の色は語りだすように――また静謐(せいひつ)でありながら燦然(さんぜん)と輝く笑みがこぼれれば、驚くばかりにきらめく歯が、天の光をあますところなく照り返していた。そして顎の形態を仔細(しさい)に見ると――これもまた穏やかに程よく広がって、柔和にして荘重であり、また肉の厚みも霊の働きも感じられる、というところはギリシャ風であって――この造型はアポロ神がアテネ人の息子クレオメネス[4]に、ただ夢でのみ啓示した形であろう。そして私はいよいよライジーアの大きな目に見入るのだった。

この目については、古代の造型を範として語ることはできない。ふたたびヴェルラム卿ベーコンを思い出せば、私が愛した女の目には、卿が言わんとした秘密があったと考えてもよいのかもしれない。ほとんど人間離れした大きさだと言わねばならぬ。ヌールジャハド[5]の谷に住むという羚羊(れいよう)の目をした種族をも遥かに凌駕(りょうが)しただろう。しかし、この特徴がライジーアに見えてくるのは、たまさかの折りに――興奮の頂点にさしかかる瞬間のみに――限られていた。そのような瞬間に彼女が達する美しさは――私の幻想も熱くなっていて、そのように思えたのだろうが――もはや地上の美を超えて、あるいは離れて――トルコの伝説にいう天女の美になっていた。瞳の色は艶やかな黒を極め、その上に張り出すのもまた黒々とした長い睫毛だった。眉が描く線にはわずかな乱れがあったが、色は同じように黒かった。だが私が「異質」と見たものは、この目にあっては、形状、色彩、光輝といった特徴とは別種であり、もはや「表情」とでも言っておくほかないだろう。ああ、しかし言葉では空しい。口に出すだけならどうとでも言える。出した言葉の背後に精神の無知を埋め込んでしまう。ライジーアの目の表情！　私は長々と時間をかけて思いめぐらし、その深奥を探るべく真夏の夜を徹した！　いったい何だったのか――デモクリトスの言う真理の井戸よりもなお深いものとして――私が愛した女の瞳の奥底には何があったのか。それが何かと突き止めたい情熱に、私は取りつかれていた。あの双眸！　大きく輝く神の球体！　私にとってはレダが産んだ双子星[6]でもあって、私は星を知りたくてたまらない占星術

4　「アテネ人」とはギリシャの画家アポロドロスのこと。その息子クレオメネスがヴィーナス像を制作した際に、夢で啓示を受けたという伝説がある。

5　ヌールジャハドは、アイルランドの作家フランセス・シェリダンによる『ヌールジャハド物語』（一七六七）の主人公。大きな瞳をした美しき女奴隷の群れが登場する。

師になっていた。

心の働きを研究すれば不可解な特異点が多々見つかるものだが、とりわけ心を騒がせる現象といえば――おそらく学問としては取り上げられないだろうが――久しく忘れていたことを思い出そうとして、すぐ手前まで出かかっているのに、どう頑張っても出てこないというもどかしさである。それと同様に、私はライジーアの目をしげしげと見つめながら、いかなる表情の目なのかわかるような気がして――わかりそうだと思いながらも――結局わかることはなく、認識は遠くへ逃げていた。それでいて（まったく不思議なことで、どんな謎よりも謎めいているのだが）この世にある何の変哲もない事物であっても、あの表情と似通ったものを十全にそろえているかに思われた。つまり、ライジーアの美しさが私の精神にしみ込んで美神が居を定めたようになってからは、現実界に存在するさまざまなものを見るにつけ、あの大きな明るい双眸が私の内部にもたらす感覚と似たものを呼び起こされていたのだった。いや、だからといって私がその感覚を定義なり分析なりできたわけではなく、しっかり見つめることすらできなかったのだ。くどいようだが、するする伸びる蔦をながめたとしても、蛾や蝶や蛹、また水の流れを観察したのであっても、私には似たようなものが見えていた。海が広がるのを見ても、流星が落ちるのを見ても、同じものがあると思った。長寿の老人の目つきにも感じられた。望遠鏡で天の星を眺めていても、その一つか二つには（とくに琴座の大きな星の付近に見つかる六等で二連の変光星には）そんな感想を抱いた。ある種の弦楽器の音を聞いても、また往々にして読んでいる書物の文章からも、そんな感興に浸ることがあった。いくらでもある事例の中から、とりわけ記憶に残っているのはジョーゼフ・グランヴィルの著書からの一節である。これが（いかにも風変わりだから、というだけのことかもしれないが）いつも私にはそのような感覚を引き起こした——。「また意志は内在して滅びず。おのずと生きる意志の不思議を誰が知ろう。神すらも意志である。万物に浸透して止まぬ意志を神というにすぎない。人間は天使に屈せず、死にも拉（ひし）がれず。もし敗れるとすれば、意志の弱さに敗れるのみ」

長い年月があり、したがって長い思索をも経た私は、このイギリスの哲学論とライ

6　白鳥に変身したゼウスが、人間の女レダに産ませたカストルとポリデウケスの兄弟。天上で双子座になった。

ジーアの性格の一部分が、どことなく遠い縁続きではないのかと思うようになった。ライジーアが、思考、行為、発話に張りつめた集中を見せることがあったのは、おそらく元になる巨大な意志の力の所産、ないし少なくとも表現ではなかったか。その意志は、私と過ごした日々にあっても、それ以上に目立つ形では存在を明らかにしていなかった。だが私が知るかぎり、あのように外見は物静かで、いつも落ち着いていながら、じつは禿鷹が群れをなしたような猛々しい情熱の餌食となった女は、ライジーアのほかにはない。そんな情熱のありようが私から見てわかるとしたら、まず私が欣喜し驚愕もした奇跡のような目の広がり——また、きわめて低い声による魔術にも近いような旋律、音調、明瞭度、静謐感——そして口癖のように発していた（発声との対照があるだけに効果は倍増の）奔放な言葉——によってのみ推し量ることができた。

ライジーアに学識があったことは先ほども述べたが、まさに博覧強記、あれほど学問に通じた女を私は知らない。古典語への造詣が深く、また現代のヨーロッパ諸語についても、私に判断がつくかぎりではライジーアに弱点らしきものはなかった。そう、学問の世界で幅を利かす深遠な研究で最高に尊ばれる論題にあっても——ただ難解だから尊ばれるのだとしても――それでライジーアが困るという場面はなかった。だが、妻だった女の性質に見られたその一点が、これだけ時間がたってから、いかにも奇妙なことに、また心が騒がしくなるほどに、今更のように思い出されてならない。あれほど学問に通じた女はいないと私は言ったが、心理と物理と数理のあらゆる分野にわたって、しかも上々の首尾で究めていたとは、たとえ男であっても、どこにそんな人間が実在しよう。いまは明瞭に見てとれることが、当時の私にはわかっていなかった。ライジーアの学殖は途方もなく、ただ啞然とするほどのものだったのである。しかし当時の私にも彼女のほうが遥かに優位だという認識はあったので、私は子供になったように彼女を信頼し、結婚以来夢中になっていた形而上学の混沌とした世界を、彼女に導かれるがままに探訪していた。どれだけ誇らしく、どれだけ欣喜して、どれだけ純度の高い望みを抱いて――めったに研究されず、いわんや世に知られてもいない学問に向かいながら、彼女に見てもらうような形になって――私は前方に喜ばしき展望が少しずつでも開けていくのを実感し、この遥かなる壮麗な未踏の道をたどれば、いずれは目標にたどり着いて、人間には禁断の領域であった叡智を得るにいたるのではないかと思っていた。

それから数年がたって、充分に根拠があったはずの見込みに羽根が生えて飛んでいってしまったのだから、私の悲しみはいかばかり痛切なものだったか。ライジーアがいなければ私は暗闇で手探りをする子供のようなものだ。彼女がいて、書物に通じていてくれるだけで、二人して没入していた超越論の幾多の謎をあざやかに解明できたのだった。あの光り輝く目がなくなれば、黄金色にゆらめいていた文字でさえ、くすんだ鉛よりもなお黒ずむ。それほどの目が、私の読む書物を照らす機会を失っていった。ライジーアは病みついた。あの強烈な目が、あまりにも燦然と燃えた。白い指は墓場の死体が蠟と化したように透き通った。秀でた額には青い血管が浮いて、ごく小さな感情の波にも盛んに隆起と沈降を繰り返した。もはや死が近いと見た私は、おぞましき死の天使に逆らって、がむしゃらに精神の闘争を挑んだ。ところが、まったく驚くべきことに、情熱家の妻のほうが私よりも激しい闘争をしていた。あれだけ志操堅固にできていたのだから、恐れることなく従容と死を迎えるのだろうと思ったのだが、そうではなかった。暗い死の影にどれだけ猛烈な抵抗をしていたのか、しかるべく伝えようとしても言葉は無力である。その悲惨な光景を見て、私は煩悶の声を洩らした。慰めになることを言えるのならよかった。理を説いてやってもよかった。

しかし、ああして何が何でも生きようとする強烈な意志——ひたすら生きることにしがみつこうとする執着心の前では、慰撫も理屈も愚の骨頂でしかなかった。それでも最期の瞬間まで、彼女の精神は激闘して悶え苦しんでいながら、外から見るかぎりでは落ち着き払った態度が揺らぐことはなかった。声は従来よりも穏やかに——なお低くなっていった。とはいえ静かに発せられる言葉に過激な意味があったことには、いま私は多言を弄したくない。私は魅入られたようになって聞きながら、頭がくらくらしていた。もはや人の声とは思われない音調によって、いまだ人智の及ばない願望が語られていたのだった。

　彼女が私を愛したことは疑うべくもなかったろう。ああいう心の持ち主だったのだから、愛は尋常ならざる情熱として胸中に君臨していたのだと、容易に気づくべきだったのかもしれない。だが彼女の死に臨んで、ようやく私は妻の愛情の強さを、つくづくと思い知ることになった。彼女は何時間でも私の手を握りしめて、ほとんど崇拝に近いような、あふれんばかりの熱き思いを吐露するのだった。私がそれほどの告白を受ける幸福に値する人間だったのかどうか——それほどの告白を受けるさなかに、その妻を失うという逆運に見舞われるべき悪人だったのかどうか、ここで詳しく語るには耐えられない。一つだけ言わせてもらえば、ただ単に女として恋愛にのめり込んだというのではなく、ライジーアの愛の根底には——ああ！　私には過ぎたる果報だった愛なのだが——いまや飛び去ろうとしている生命を欲してやまない激烈な願望があるのだと、ついに私にも見てとれた。この願望を——ひたすら生きたい、どうしても生きていたいという獰猛なまでの願望を言い表そうとして私は無力である。語るだけの言葉を持たない。

そして、ついに去ることになった真夜中に、彼女は是非にもと言って私を招き寄せ、かねて書き上げていた自作の詩句を何度も読んでくれとせがんだ。私は言われるままに読んだ。以下の通りである——

ああ！　にぎやかな趣向の盛り上がる
　わびしくも終末に近い夜のこと！
翼のある天使の群れは
　ヴェールをまとい、涙にくれて
芝居見物の席にあり

希望と不安の劇を見る
楽隊は天界の音楽を
　でたらめ気分で吹き鳴らす

道化ども、その姿だけは神に似て
　ぶつくさ低くつぶやいて
あちらこちらに飛びまわる――
　操り人形にほかならず
場面を換える巨大な変化の意のままに
　行きつ戻りつ惑うのみ
巨怪はコンドルのごとき翼から
　見えざる悲哀を撒き散らす

色とりどりの道化の芝居――
　ゆめ、この茶番を忘るまじ！

いつまでも幻影を追いながら
　ついに群衆は追いつかず
ぐるりと回って戻るのは
　相変わらずの同じ場所
大いなる狂気、さらなる罪
　そして恐怖が、芝居の筋書き

すると、見よ、道化た騒ぎに突っ込んで
　のたうつ異様な姿あり！
何もなかった舞台の奥から
　赤い血にまみれて這って出る！
身をくねらせる――くねらせる！
　道化が食われて、悲鳴が上がる
毒牙は人間の血に染まり
　見物の天使がむせび泣く

消える――舞台の明かりが――もう消える！
　ひくひく動く者どもに
緞帳(どんちょう)は嵐のように落ちかかり
　死者を覆う布となる
天使はすっかり青ざめて
　立ち上がり、ヴェールをはずし、言い立てる
これぞ「人間」という悲劇
　その主役は、征服王、蛆虫(うじむし)

「神様！」叫び出さんばかりになったライジーアは、私が読み終えるところで、いきなり立ち上がり、両手を挙げて痙攣(けいれん)したように動かした。「ああ、神様！　父なる神！　そうなるしかない定めなのでしょうか――征服する者は、ただの一度も征服されないのでしょうか？　人は神と同体ではないのですか？　意志にはおのずと生きる力がある。その不思議を誰が知るというのです？　人間は天使に屈せず、死にも拉が

れず。もし敗れるとすれば、意志の弱さに敗れるのみでしょうに」

これだけ言うと、もう激しい感情に疲れ果てたのか、白い腕をだらりと下げて、粛然と死の床へ戻った。その唇からは、ついに最期となる息遣いに交じって、低いつぶやきが洩れてきた。耳を寄せていった私には、ふたたびグランヴィルの文章の結末が聞き取れた。「人間は天使に屈せず、死にも拉がれず。もし敗れるとすれば、意志の弱さに敗れるのみ」

彼女は死んだ。私もまた悲嘆に押し潰されて、土塊と化したも同然であり、ライン河畔の仄暗く滅びゆく古都の家にいたのでは、もはや寂寥の感に堪え難くなった。いわゆる富なるものならば何の不足もなかった。世間の相場をはるかに超えて、有り余るほどの財産をライジーアが残してくれていた。というわけで、しばらくは疲れて当てもない旅路をさすらったのだが、そんな数カ月ののちに、私は麗しきイングランドながら荒涼とした人跡稀なる土地にあった僧院――さる僧院、とのみ言っておこう――を買い取り、いくらか修復の手を入れた。その陰惨なまでに厳粛な佇まい、未開の凶相を帯びたような敷地の風景、そして僧院の内外にまつわる沈鬱な古来の記憶が、こんな僻遠の地まで来るしかなかった私の、何もかも打ち捨てたい気分と、おおいに合致していたのである。ただ、僧院の外観だけは、ほぼ元のまま放置して、まとわりつく植物の侵蝕を取り払いもしなかったが、内装については、私の幼稚な執着心があって、また悲しみを紛らわせたい願望も少しはあったのかもしれないが、王侯の居館を凌ぐばかりの壮麗な見映えにしたくなった。そういう馬鹿げた趣味が幼い時分から私の身についていて、それが悲嘆にくれて衰弱したらしい心によみがえった。いまにして思えば、あとで狂気として発現するものが、たとえ初期状態であれ、どれだけ見えていたことだろう。豪華な幻想趣味のカーテンを引き回し、重厚なエジプトの彫刻を置き、天井蛇腹や家具に怪異な装飾を施して、金糸で分厚くなったカーペットには奇抜な模様が錯綜していた。すでに私は阿片が病みつきとなり、その支配力に搦めとられていたので、私が為すことにも、人に命じることにも、そうした夢想から生じる色合いが出るようになった。だが、しでかした愚行を逐一語ってはいられない。ある部屋のことだけを述べるにとどめよう。禍々しい運命の一室だ。あの部屋へ、ふと心神を喪失したようになりながら、私は祭壇から花嫁を連れ帰った。いまだ忘れられないライジーアの後継として、金髪碧眼の令嬢、トリメインの息女たるロウィーナ・トレヴァニオンを娶ったのだ。

新婚の閨房については、その構造、装飾のいかなる箇所も、いまなお私の眼前にありありと浮かぶ。花嫁の一族も、いくら金欲しさとはいえ、あれだけ大事にしていた清らかな愛娘を、あのような、、、飾り立てた部屋へ赴かせるとは、名家の気位はどこへ行ったのだろう。いま私は部屋のことを逐一覚えていると言ったが――そのくせ意味深い重大事となると悲しいほどに忘れていて――不統一な幻想趣味の部屋を思い出したところで、肝心な記憶への手がかりになりはしない。僧院は城のような様式の建物で、この部屋は高い塔の内部にあり、広々とした五角形の空間になっていた。南面は全幅が窓であって――大きなヴェネチア産の一枚ガラスだが――鉛のような色付けをしてあるので、これを通過する太陽も月も怪しげな光沢を室内に落としていた。この大窓の上半分くらいには、古びた蔓草が絡むようになっている。そういう草が塔の分厚い壁面を這っていた。天井を見上げれば、オーク材が暗く高々としたドーム形をなして、ゴシック風というか古代ケルト風というか古めかしい意匠の複雑怪奇に連続する模様が、きわめて精密に彫り込まれていた。この陰鬱な天井の奥まった頂点から、長い輪をつないだ一本の金鎖だけで、同じく金細工の大きな香炉が下がっている。サラセン風の形状をした香炉には多数の穴があいていて、まるで生きた蛇が身をくねらせて穴を出入りするように、色とりどりの炎が間断なく噴いていた。

家具としては、東洋風の腰掛けや金の燭台が、適当に置きならべてあった。そして寝台がある——新婚の床である。これはインド式で、高さはない。黒檀の無垢材から彫り出したものだ。寝台の上方に、いわば棺を布で覆うように天蓋が張られている。五角形の部屋は、どの方向の奥にも、黒い花崗岩の巨大な石棺を直立させていた。ルクソールの遺跡に間近い王家の墳墓から運ばれた石棺であって、古びた蓋には遥かなる時を経た彫刻がびっしりと刻み込まれている。しかしながら、この部屋に幻想をもたらしている主役というべき存在は、たっぷりと壁に掛けた布なのだ。そびえるように高い壁には——不均衡なまでに高いのだが——上端から下端まで、ずっしりした厚地の布が大きな襞をうねらすように掛けられている。そして同じ生地で、床に敷いたカーペット、腰掛けや寝台のカバー、天蓋、華麗に巻いて窓に落ちかかるカーテンがある。金糸を織った贅沢きわまりない布地だ。これには総柄の模様があって、不規則な間隔で繰り返されるアラビア風の細密な図柄が、それぞれ直径一フィートほどの

7　この名前は、いくつかの十九世紀小説を参考に、ポーが合成したものと思われる。

大きさの黒々とした斑点になって広がっていた。だが精緻な模様が本来の姿を現すのは、ある角度から見るときだけに限られた。いまでは不思議とも言えず、また起源をたどれば遠い古代にまで遡る技法によって、見方が変われば模様も変わるようになっている。まず部屋に入ると、ただ奇怪な形としか見えないが、さらに歩を進めれば、この印象は消えていく。一歩また一歩と前に出て立つ位置が変わると、ノルマン民族の俗信か僧侶の淫夢にでも出そうな妖怪変化がぞろぞろ歩きまわる真っ只中へ来たような気がしてくる。壁に掛けた布には、その裏側を絶え間なく風が吹き抜けるような仕掛けがあって——全体に不気味な生命感を宿した動きがあるので——いやが上にも夢幻の錯覚が力を増す。

このような広間のある建物で——この新婚の一室で——私はトリメインの息女を妻として一カ月ほどは淫靡な生活に耽り、さして心が乱れることもなかった。私がひどく癇性であって妻に恐れられている——忌避されて、まず愛されてはいない——ということには、いやでも気がついていたのだが、だからこそ喜びを得ていたと言ったほうがよい。私は彼女が憎らしくなっていた。もはや人間よりも悪魔の心だ。私の記憶は過去に飛んで（ああ、何たる強烈な悲しみがあったことか！）ライジーアに向かった。私が愛した、尊く、美しく、いまは墓の下にいる女。その追憶に私は悦楽した。純粋で知恵のある女。気高く澄みきった精神性。炎と燃えて捧げつくした愛。こうなると私もまた彼女を上回るほどの炎で己（おの）が全霊を燃やした。阿片による激しい夢に駆られて（もう薬の魔力に手足を搦めとられ、逃れられなくなっていたのだが）夜の静寂でも、昼の奥深い谷でも、私は彼女の名を大きく声に出して呼びかけた。必死になって、真剣そのものに、身を焦がすように死者への思いを強くすれば、彼女が打ち捨てていった地上の道へ――ああ、未来永劫に捨てたのか？――ふたたび呼び寄せることができると願ったようなのだ。

　新婚の二カ月目となった頃に、ロウィーナは急病を発し、なかなか回復しなかった。燃えるような高熱に悩まされる夜が続いて、彼女は半ば眠りながら譫言（うわごと）めいたことを口走り、あの塔の部屋の内外に、音がする、動くものがある、と言ったのだが、これを私は乱れた心の錯覚にすぎない、あるいは幻想趣味の部屋に影響されているのかもしれない、と判断しただけだった。ようやく好転して、ついに本復した。と思ったのも束の間で、すぐに再発した症状はなおさら激しく、彼女は苦しい病床についたきりで、もともと蒲柳（ほりゅう）の質（しつ）であった身体が快方に向かうことはなかった。その後、いよいよ重篤となり、繰り返して押し寄せる病勢に、ますます予断は許されず、どれだけの医者を呼んでも、もはや手の施しようがない奇病としか思われなかった。どうやら人間業では除去できないと思われる病に取りつかれ、それが悪化の一途をたどるとなれば、彼女の心のありようとしても同様の悪化を認めざるを得ず、ひどく神経質になって、些細なことで恐怖に怯えることが見えていた。そして以前にも増して、頻繁に、執拗に、何かの音がする――ごく小さいけれど聞こえている――と訴えるようになり、これまた以前から言っていたように、壁に掛かる布におかしな動きがあるとも言い立てた。

ある九月も近い夜のこと、いつもよりなお切迫した彼女が、この悩ましい案件を私に話したがった。彼女は安まらない眠りから醒めたばかりで、その病み衰えた表情の移ろいを、私は気遣わしいような、やや恐ろしくもあるような心地で見ていたのだった。私は病床となった黒檀の寝台の横でインドの腰掛けに坐り、彼女は半身を起こして、低いささやき声で必死に語ろうとした。いま音がしている、と言うのだが私には聞こえず、いま動くものがある、と言うのだが私には見えなかった。壁に掛けた布の裏を、風が走り抜けている。私は（自分でもいささか腑に落ちなくなっていることを）説いて聞かそうとした。かすかな息遣いの音、やさしく揺らぐ壁の模様、あんなものは普段と変わらぬ風のいたずらではないか。だが彼女の顔に広がる死んだように蒼白な色を見れば、どれだけ気休めを言っても無駄なことだとわかりきっていた。いまにも気絶しそうだと思えたが、すぐ呼べる範囲に使用人はいない。私は医者が部屋に置くように言っていた軽めのワインを思い出して、そのデカンタを取ろうと歩きだした。だが香炉が放つ光の下を通過すると、思いもよらぬ二つの出来事があった。目には見えずに感触としてわかるものが、ふわりと身体の脇をすり抜けたような気がしたのだ。そして金糸を織ったカーペットに香炉が投げるとろりとした光沢の真ん中に、ある影が——天使が来だのかもしれないような、うっすらと定まらない影が——暗がり自体が影を持ったかと思わせるものとして落ちていた。しかし、このときの私は阿片に耽溺した過度の高揚感から、たいして気にも留めず、ロウィーナに知らせることもなかった。ワインを見つけて、ふたたび室内を歩いて、ゴブレットに入れたワインを気絶しそうな女の唇に近づけてやった。ところが、いくらか気を取り直していた彼女が自分の手で飲もうとするので、私は近くにあった腰掛けに坐り込み、じっとロウィーナに目を凝らしていた。このときである。そっとカーペットを踏む足音に気づいた。寝台に近いところで、たしかに聞こえていた。その直後に、まもなくロウィーナがワインに口をつけようとした瞬間、私には見えた。いや、見えたという夢だったのかもしれないが、ゴブレットの中に落ちるものがあった。室内の空中に見えざる源泉があったとでもいうように、三滴か四滴の大きな粒になって、明るいルビー色の液体が落ちていた。これを私が見たのだとしても、ロウィーナには見えていなかった。ためらいもなくワインを飲んだ彼女に、私はどうという話もしなかった。どうせ突き詰めれば私の考えすぎに相違ない。彼女がこわがり、私は阿片でおかしくなって、こんな夜中の時間でもあるのだから、奇異な空想が働いたのだろう。

だが、やはり見なかったことにはできない事態もある。ルビー色の粒が滴ってから間もなく、妻の容態に急変が生じたのだ。そのために三日後の晩には使用人の手で埋葬の準備が施され、四日目の晩は私がただ一人、彼女を花嫁として迎えた幻想趣味の部屋で、死装束に包まれた彼女に付き添って坐ることになった。阿片がもたらす幻覚が私の眼前を影のように飛びかった。私は穏やかならざる目になって、五角の部屋の隅に立つ石棺を、壁に揺らめく布の模様を、天井から下がる香炉にくねる多色の煙を、じっくりと見ていた。その視線が、はたと落ちた。過日の晩を思い出して、香炉が落とす光の中にうっすらと影の痕跡めいたものが出た箇所を見たのだった。しかし、もう影はなくなっていた。息詰まる緊張を解かれたような思いで、私は寝台で青ざめて硬くなっている死者に目を戻した。するとライジーアにまつわる記憶が一気に押し寄せ——さらにまた、このような姿の彼女を見た言いようもない悲しみが、そっくりそのまま怒濤の勢いで私の心に再来した。夜は更けた。そして唯一にして最愛の存在をなくした痛恨の思いを胸に湛えつつ、私はロウィーナの遺体をじっと見つめて動かなかった。

さて、真夜中だったかもしれない。あるいは、それよりも前か、あとか。すでに私は時間を忘れていたのだが、むせび泣くような声が、そうっと低く、しかし間違いなく聞こえて、いきなり私は夢想から弾き出された。黒檀の寝台から——死の床から——聞こえたのだと感じた。私は迷信めいた恐怖に苦しみながら耳をそばだてたが、その音が繰り返されることはなかった。まさか死体に動きがあったのかと目を凝らしても、そんな様子は一切見えていなかった。しかし、いまのが空耳だったはずはない。どれだけ微かにでも、この耳に聞こえて、魂が覚醒したのだ。私は意を決して、集中して、死体から目を離さずに見張っていた。どれだけ待ったのか、ついに謎に光を投げかける現象らしきものが生じた。もう間違いはない。ごく薄く、ほんのり染まったとわかるくらいの色が頬に出て、また瞼に埋もれていた微細な血管にも、わずかな色がにじんだ。私は言いようのない恐怖を覚えて——およそ人語では充分に語り得ないほどの怖気がついて、自分の心拍が停止し、坐った姿勢のまま手足が硬直するように感じた。しかし、ようやく義務感の作用から、気働きを取り戻して考えた。もはや疑う余地はなさそうだ。支度を調えるのが早すぎた——まだロウィーナは生きている。どうにかして緊急の手を打たねばならないが、この塔の部屋は使用人の居室から離れている——声の届く距離ではない——もし手伝いに来させるとしたら私が呼びに行って、しばらく部屋を空けるしかないが——そこまで思いきることはできない。というわけで私は独力の限りを尽くして、いまなお浮遊するらしい魂を呼び戻そうとした。しかし、ほどなく何らかの退潮があったことは明らかとなり、瞼と頬の色が消えて、大理石をも上回る白さが出た。唇はますます収縮して死人の形相にふさわしく結ばれ、じっとり冷えたような感触が急速に死体を覆いつくして、いわゆる死後硬直が一気に全身を押さえつけた。私は戦慄して元通りに倒れ込んだ。さっき弾かれるように目覚めた位置で、ふたたび夢うつつにライジーアの幻を見てしまった。

それから一時間がたって（こんなことがあり得るのだろうか？）またしても寝台あたりから聞こえる音があると思った。私は耳をすまして、恐怖に張りつめていた。また聞こえた。溜息のようだ。急いで死体に迫った私が見たのは――はっきりと見たのは、小刻みな唇の震えだった。それから一分ほどで唇の緊張が緩むと、真珠のような歯が明るい横一線に現れた。いままで私の胸中には底知れぬ畏怖の念しかなかったが、ここに来て驚嘆する心地が拮抗した。もう目の前がぼやけるようで、理性がふらつくとも思っていて、ふたたび義務の観念による任務に立ち向かうには、無我夢中で精力を傾けねばならなかった。すると死者は、その額から頰や顎をほんのり艶めかせて、また全身にぬくもりが及ぶことも感じられ、わずかながら心臓に鼓動が出た。まだ生きている。私はなお一層に気負い立って、蘇生の行為に取りかかった。死体のこめかみ、また両手を摩擦し、洗浄し、これまでの経験と、医学書から仕入れた少なからぬ知識によって、できるかぎりの手立てを講じた。しかし無駄だ。いきなり顔色が失せ、鼓動が止まり、唇が死人の表情に戻ったかと思うと、その一瞬後に、死体の全身が氷のように冷えて、青黒い色を帯び、強烈に硬くなって、体型の萎縮があり、もう何日も墓の下にあったようなおぞましい特徴が一挙に出ていた。

ふたたび私はライジーアの幻想に溺れた。そして（こうして書いている私が、いまなお戦慄するのも不思議ではあるまい）またしても黒檀の寝台あたりから、むせび泣くような低い声が、私の耳に届いてきた。しかし、この夜の言い知れぬ恐怖を、すべて事細かに述べるべきだろうか。こんな凄まじい復活劇を夜明けが近くなるまでに何度も繰り返した有様を、わざわざ語るべきだろうか。そのたびに恐ろしい退潮があって、なおさら陰惨で引き戻せそうもないような死にずり落ちたことを、また苦悶するたびに見えざる強敵との闘争らしき様相が出ていたことを、その毎回の闘争があって死体の相貌に得体の知れぬ妖変が生じていたことを、すべて語るにはおよぶまい。肝心なことだけを言おう。

恐怖の夜が半ばを過ぎて、死んでいた女がいま一度の動きを見せ――すでに徹底して望みを絶たれ、唖然とするばかりに滅んだ状態にありながら、そこからの回復には従前を上回る強い動きがあった。とうに私は抗おうとせず、動きもとれず、じっと硬くなって坐ったまま、激しく渦巻く感情に身をまかすしかなくなっていたのだが、この渦中にあっては、どれだけの畏怖であろうと何ほどのこともなかった。何度も言うようだが、死体が動いたのだ。しかも、いままでより力強く動いていた。生命の色が異常なまでの精気を見せて顔に燃え立ち——手足の硬直が緩んで——いまだ両眼の瞼は重く閉じて、埋葬用の装束が死体らしい姿に見せていたものの、さもなくば私はロウィーナが死の鎖をすっかり振りほどいたのだと夢想したかもしれない。だが、そこまで考えることはなかったにせよ、もう疑い得ない事態になっていた。寝台から起き上がって、ふらつきそうな足取りで、目を閉じたまま、夢の中でさまよう人にも似て、死装束をまとったものが生身の実体であるように部屋の真ん中へ歩み出た。

私は震えたりしなかった——身じろぎもしなかった——というのは、この姿にまつわる雰囲気、背格好、身のこなしに、私の脳内に押し寄せる幻影の群れがあって、私は麻痺し——冷えて石になったのだ。私は身じろぎもせず——さまよい出た亡霊を見つめた。考えることはまとまらず——心の中が狂乱した。こんなことがあるのか。ロウィーナが生きて眼前に立っているのか。そもそもロウィーナなのか——あの金髪碧眼の、トリメインの息女ロウィーナ・トレヴァニオンなのだろうか。いや、なぜ、それを私が疑うのだ。口元を厚く巻いた布があって——その口で息をしているのがロウィーナではないというのか。また、あの頰は——まるで生命の盛りにあったバラ色のように——そう、あれは生きている美女ロウィーナの頰だろうに。また顎は——健やかだったロウィーナの、えくぼのある顔にあった顎ではないのか。だが、しかし、病を得てから背が高くなったとでもいうのか——。こんなことを考えるとは、どれほどの狂気が私に取りついたのだろう。私は大きく踏み出して、彼女の足元に迫った。彼女が接触を嫌うようにたじろいだ弾みに、頭に巻きついていた埋葬用の布地がずり落ちて、風が吹き抜ける室内に流れ出たのは大量の長い乱れ髪だった。それが真夜中の大鴉の翼よりも黒いのだ！　そして私の前に立つ姿がゆっくりと両眼を見開いた。

「そうだ、これでもう——」私は大声で叫んだ。「もう絶対に——間違えるはずがない——この大きな、黒い、激しい目——あれだけ愛して失った、わがレディ——ライジーア！」

大鴉

とある寂しい真夜中に、遠い昔のあまたの奇書を
もの思いつつ、読み疲れ――
眠りかけて、こくりと首を垂れていると、ことりと静かな音がして
そうっと誰かが来たような、戸をたたいたような音だった
「客だろう」私は口に出していた。「ことりと戸をたたく人がいる――
　それだけのことだ、ほかにない」

ああ、はっきりと思い出す、あの心悲(うらがな)しい十二月
燃えさしの薪(まき)がそれぞれに、床に火影を投げていた
私は夜が明けるのを待ちかねて――詮ない望みをかけていた
もしや書物で悲しみが――レノアを失った悲しみが――紛れることはあるまいか
世にも稀(まれ)なる輝く乙女は、いまでは天使にレノアと呼ばれ――
　こちらでの名は、もはやない

紫色のカーテンが、さらさらと絹の悲しい音を立て

私の心がぎくりと跳ねて――かつてない奇抜な畏怖にとらわれた
高鳴る鼓動を静めるべく、私は立って同じことを口にした
「客だろう――戸口で訪(おとな)う人がいる
夜半の客が戸口で訪いを入れている――
　そういうことだ、ほかにない」

ほどなく私は気を取り直し、もう迷うこともなくなって、
「どちら様かは存じませんが、失礼の段はお許しを
つい眠りかけておりましたら、ことりと静かな音がして
そうっと戸をたたく音がわずかに聞こえ
聞こえたかどうかもわからぬような――」私は大きく戸を開けた
　真っ暗な闇、ほかにない

その暗闇の奥をのぞき込み、しばらく立って、訝(いぶか)り、戦(おのの)き
怪しみながら、かつて人が見ようとしなかった夢を見た

だが静寂は破れることなく、無音は何も語ることなく
声にした言葉は、「レノアか？」とささやく一語のみ
これは私がささやいて、「レノアか！」とつぶやく谺があった
ただそれだけで、ほかにない

もう室内に引き返し、心のうちが火と燃えて
まもなく聞こえた音は、いくらか大きくなっていた
「どうやら今度は」と私は言った。「窓の格子で音がする
窓がどうなっているのやら、謎の正体を見るとしよう――
しばし心の騒ぎを取り静め、この謎の正体を見届けよう――
どうせ風だ、ほかにない」

雨戸を大きく開け放つと、ばたばたと羽ばたく翼があって、
舞い込んだのは神代の昔から来たような大鴉
まるで遠慮も会釈もなく、また一所にとどまらず

だが戸口の上へ飛ぶと、貴人の気品をただよわせ――
戸口の真上で女神（アテナ）の胸像に降り立った
　降りて、坐（すわ）って、ほかにない

黒檀（こくたん）の色をした鳥の、しかつめらしい顔つきに
悲しき夢想にあった私も笑わされ
「たとえ鶏冠（とさか）はないにせよ、臆病の咎（とが）で剃られたとは思われない
暗い夜の岸辺からさまよい出たる妖異な古代の大鴉――
暗い冥府の岸辺では、いかなる御尊名であることか」
　すると鴉は答えて「もはやない」

この見苦しい鳥が言葉を発したのだから驚いた
だが答えに意味があろうとは――答えになっているとは思われない
いまだ生身の人間が見たことはないと言うしかない
戸口の上に鳥がいて

鳥でも獣でも、戸口の上の彫刻像で
　告げた名前は「もはやない」

だが静かな像に孤坐する鴉は、一語に魂を込めるがごとく
この一語を発するほかは黙して語らず
それよりほかに何もなく——羽根一枚も動かさず——
ついに私が小さくつぶやき、「すでに友はみな飛び去った——
あすには、この鳥もまた去るだろう、すべて望みが去ったように」
　すると鴉は「もはやない」

静寂を破った見事な答えに虚を衝かれ
「どうせ鴉の言うことは、たった一つの聞き覚え
どこかの不幸な飼い主が、さんざん不運に見舞われて
この飼い主の嘆きの歌に、いつしか決まり文句がついていた——
はかない望みを弔う歌の、さびしい一つ覚えの繰り返し、すなわち

もはや——もはやない」

だが、なおも私は悲しき夢想を笑いに誘われ
やわらかな布張りの椅子をくるりと回し、鳥と胸像と戸口に向き合って
ビロードの座に沈み込み、夢想に夢想を継ぎ合わせて考えた
この運命を知るかのような古怪の鳥は——
暗く、見苦しく、おぞましく、すさんだ凶相をした鳥は、何を言わんとしていたか
あの喉から絞り出す「もはやない」

そんな思いをめぐらして、だが私から語りかけることはなく
ただ鴉の燃える目に、この胸の奥まで熱く射し込まれ
やわらかなビロードにもたれる頭で、さらなる思いをめぐらした
ランプの光は喜々として布地にこぼれるが
この菫色(すみれいろ)をしたビロードの布張りに、彼女の重みがかかることは
ああ何と、もはやない

すると芳香が漂って、空気がみっしり濃くなるかと思われた
鈴のような足音で、天使が厚い敷物に降り立って、見えざる香炉を揺すっている
「みじめなことだ」と私は叫ぶ。「ついに神が天使を遣わして——
せめてもの安息を——レノアの記憶を消せる忘れ薬をもたらすか
ならば飲め、ありがたく忘れ薬をいただいて、いっそレノアを忘れてしまえ！」
　すると鴉は「もはやない」

「予言者よ！　魔性の者！　だが鳥であれ邪鬼であれ、なおも予言者！
魔王の使いで来たにせよ、ただ嵐に打ち寄せられて来たにせよ
この荒れ果てた妖(あや)しの国、この恐怖にとらわれた家に来て
悄然(しょうぜん)たりとも、まるで臆することのない者よ——どうか隠さず言ってくれ——
ギレアデ[1]の地に癒やしの薬はあるものか——どうか、頼む——言ってくれ！」
　すると鴉は「もはやない」

「予言者よ！　魔性の者！　だが鳥であれ邪鬼であれ、なおも予言者！
われらを覆う天穹（てんきゅう）にかけて――われらが崇（あが）める神にかけて
この悲嘆に暮れる魂に言ってくれ、もしや遠い彼方の天国で
いまは聖女となって天使にレノアと呼ばれる乙女を――
天使がレノアと呼ぶ世にも稀なる輝く乙女を、この魂が抱くことはあるものか」
　すると鴉は「もはやない」

「鳥か悪魔か、その一語を別れの言葉とせよ」私は叫んで立ち上がり――
「嵐の中へ、暗い冥府の岸辺に、戻るがいい！
偽りを語った証（あかし）となる黒い羽毛を残してはならぬ！
わが孤独を乱してはならぬ――戸口の上の胸像を去るがいい！
その嘴（くちばし）をわが心臓から引き抜いて、その姿を戸口から消すがいい！」
　すると鴉は「もはやない」

1　ギレアデは、聖書に記述のある、ヨルダン川東域に広がる山岳地帯の名称。

そして鴉は戸口の上の白い女神の胸像で
羽根一枚も揺らさずに、じっと坐って、ひたすら動かず
その目は夢見る魔物の目のごとく
降りかかるランプの光は、床に鴉の影を投げ
わが魂は床に延びる鴉の影に落ちたまま
引き上げられることは――もはやない！

ヴァルデマー氏の死の真相

もちろん、びっくりしたと言うつもりは毛頭ない。ヴァルデマー氏の奇怪な症例について世評がやかましかったのは当然であって、そうでなかったとしたら——なにしろ事情が事情なのだから——それこそが奇跡だったろう。関係者はそろって内聞にしようと心がけ、少なくとも当分の間、あらためて検証する機会があるまでは公表を避けたいという意向であり、そのように手を打ったはずだったのだが、でたらめな尾鰭（おひれ）のついた噂（うわさ）が流れ出し、あれこれの愉快ならざる曲解も広まったので、そもそも胡散臭（うさんくさ）い話と見られがちになったのは無理からぬ次第であった。

ということなので、ここで真相を——私なりに把握できているかぎりで——述べておかねばならぬと思う。端的に言って、以下の通りである。

すでに催眠術に興味を惹かれるようになって三年は過ぎていた私に、ひょいと思いつくことがあったのは、いまから九カ月ほど前のことである。従来行なわれてきた実験では見落とされていたのだが、これだけ注目すべき事項でありながら、なぜ顧みられなかったのか、どう考えてもわからない。つまり、死の瞬間に催眠術をかけられたという例は、いままで一件もなかったろう、ということだ。いよいよ臨終となった患者に、なお催眠効果を受容する余地があるのかどうか、その点をまず第一に見てみたい。また、もし効果があるとした場合、それは臨終であるがために減殺されるのか、はたまた促進されるのかというのが第二点。そして第三として、どの程度にまで、どれだけの時間まで、迫り来る死を押しとどめていられるものなのか。ほかにも確かめたい点はあったのだが、この三つが私の最大の関心事となった。とりわけ第三の点が、結果の重要性から考えて、とんでもなく大きな意味を持つだろう。

このような論点についての研究を試行すべく、被験者となるにふさわしい人物を求める上で、アーネスト・ヴァルデマー氏という知己に心当たりがあった。なかなかの著名人であって、『法律論目録』なるものを編纂（へんさん）し、また（イサカー・マークスという筆名で）『ワレンシュタイン』や『ガルガンチュア』[1]のポーランド語版を出してい

1　『ワレンシュタイン』はフリードリヒ・シラー（一七五九―一八〇五）の歴史悲劇。『ガルガンチュア』はフランソワ・ラブレー（一四八三―一五五三）の長篇物語。

る。一八三九年以降は、ほぼニューヨーク市内ハーレムに居を定めていて、尋常ならざる痩身をもって知られており（知られていた、と言うべきか）腰から下は議員だったジョン・ランドルフ[2]に似ていた。また髪は黒々としているのに、髭は真っ白であるという対照が際立っていたので、その結果、あの黒い髪は鬘だろうと誤解されることが多かった。気質においては神経が過敏だという特徴があって、これは催眠術の実験には好都合と思われた。すでに私は二度三度とヴァルデマー氏に術をかけたことがあって、いとも簡単に眠らせることができていた。しかし、ただ眠らせたというだけのことで、あれほど素地のある人物として当然に見込んだ結果までは得られていなかった。氏の意志を、確実に、完全に、操作するには至らなかったのである。いわゆる透視現象についても信用できる成果は上がっていなかった。こうした不首尾の原因は、氏の健康状態の乱れにあると私は考えていた。私と知り合う数カ月前から、慢性肺結核が宣告されていたのである。ところが、いずれ滅びの時が来ると知りながら、氏は逃げもせず嘆きもせず、おのれの死について淡々と語るようになっていた。

さて、いま述べたような実験の構想があって、まず私がヴァルデマー氏を思いついたのは、まったく順当なことだったろう。達観した人物であるのはわかっていたから、氏自身が疑義を挟むという心配はなかった。また横から口を出すような親類縁者もアメリカにはいない。私がざっくばらんに話を持ちかけると、じつは意外なことに、氏は大乗り気で賛同してくれた。ここで意外だと言うのは、それまでの私の実験に対して、氏は身体だけは貸してくれるのだが、こちらの趣旨に共鳴するような心情はいささかも見せていなかったからである。また氏の病状の特質として、いつ終焉を迎えるかという計算を立てられるのだそうで、いざ寿命が尽きそうだと医師が判断したら、二十四時間ばかりの余裕をもって私に知らせてくれるようにとの合意に達することもできた。

かくして私が以下のような手紙を受け取ったのは、いまから七カ月あまり前のことだ。

2　ジョン・ランドルフ（一七七三―一八三三）は、ヴァージニア州の名家に生まれた農場主で政治家。風変わりな人物だったと言われる。死因は結核。下肢が極端に細かったと言われる。

P様

では、お出で願いましょうか。あすの深夜は越せないだろうとのことで、D医師、F医師の意見は一致しました。その見当で間違いあるまいと私も考えております。

ヴァルデマー

この通知は、書かれてから半時間以内に、私に届いている。さらに十五分後、私は死にゆく男の部屋にいた。十日ほど会わずにいたあとだが、それだけの短時日に凄まじい変貌を遂げたものだと思ってぞっとした。顔はすっかり鉛色だ。目の光が消えている。いくら痩せ衰えたとはいえ、頬骨が皮膚を突き破るほどの変わりようだ。喀血が止まらない。まだ脈拍があるのかどうか、ほとんど判然としない。それでいて精神の働き、および一定の肉体の力を保持していたのは、異例なことであろう。しゃべる言葉は明瞭で、症状を和らげる薬を自力で服用していた。私が部屋に入ると、鉛筆で何やらメモ帳に書きつけているところだった。ベッドに上体を起こして枕で支えられている。D医師とF医師が付き添っていた。

まず私はヴァルデマー氏の手を握ったあと、いくらか患者とは距離を置いて、二人の医師から病状についての詳細な説明を受けた。左肺は一年半ほど前から石灰化が進んだ状態で、生命を維持するためには何の役にも立っていないという。右肺の上部にも相当程度に石灰化が見られ、下部は化膿した結節が絡まり合うだけである。かなり大きな空洞が数カ所にできていて、ある箇所では肋骨への癒着が生じていた。このような右肺の現象は比較的には最近の出来事である。石灰化は異常な速さで進行した。つい一カ月前には兆候すら出ていなかった。癒着などは三日前から観察されているにすぎない。また結核とは別に大動脈瘤（だいどうみゃくりゅう）も疑われるのだが、石灰化の症状が邪魔になって診断が難しい。だが二人の医師は、翌日（日曜日）の深夜には臨終であろうと見ていた。この時点では土曜日の夜七時である。

ヴァルデマー氏の病床を離れて私と話をする際に、D医師とF医師は、氏との最後の挨拶（あいさつ）をかわしていた。もう戻ってくるまでもないというつもりだったようだが、私が要請したので、翌晩十時に、また様子を見に来ることになった。

両名が出ていってから、私はヴァルデマー氏と、迫りくる滅びの時について、とりわけ懸案になっている実験について遠慮なく話し合った。いまもなお乗り気であると氏は明言した上で、ぜひ進めてもらいたい、すぐにでも始めてくれと言った。このときは男女一人ずつの看護人が室内にいたのだが、それだけでは何らかの急変があった場合に証人の信頼度としては心許(こころもと)ないという懸念が私にはあって、おいそれと施術する気にはなれず、やはり翌日まで先送りしたところ、かれこれ夜の八時近くになってシオドア・Lという医学生が来た。これは私も知っている男だ。おかげで落ち着かない時間が救われた。できれば医師の再訪を待ちたいと私は思っていたのだが、ヴァルデマー氏自身が急がなければだめだと言い続け、また見た目にも明らかに衰微していくので一瞬たりとも無駄にはできないという判断から、いよいよ着手することにした。

医学生Lは、私の要望に応じて、これからの経過を逐一書きとめてくれることになった。いま私は医学生による記録を参照しながら、適宜、要約して、あるいは字句の通りに、語ろうとしている。

八時よりも五分ほど前に、私は患者の手をとり、医学生Lに向けて意志表示をしてくれるように頼んだ。できるだけ明瞭な話し方で、彼が(ヴァルデマー氏が)この状況にあって私の催眠実験に応じることに完全に合意していると言ってもらいたかったのである。

弱々しい返事だったが、しっかりと聞き取れた。「そう、催眠術をかけてもらいたい」と答えてからすぐに、「まさか遅きに失したというのではなかろうな」とも言った。

こんなことが言われている間にも、私は患者の鎮静に最適と思われる手技を施していった。まず額に手をかざして横にすべらせると、すぐに反応らしきものが出た。しかし私が全力をあげても、さらなる効果は見られず、そのうちに十時を少し回ってD医師とF医師が手筈（てはず）どおりに現れた。私は意図するところを簡単に説明したが、とくに医師から異論が出ることもなく、すでに患者は死に瀕しているという所見だったので、もはや遠慮は無用と思って作業を続け、しかし、さっきまで横に動かしていた手を縦方向に撫で下ろす動きに変えて、被験者の右目だけを凝視した。

この段階では、患者の脈拍は検知不能になっていて、息遣いも気道の雑音めいたものが三十秒おきに聞こえるだけでしかなかった。

それから十五分ほど、ほとんど変化は見られなかった。しかし、そうした時間のあとで、死のうとする男の胸の内部から、深々としていながら、まったく自然な溜息が洩（も）れて、おかしな呼吸音が静まった――というのはつまり、音がしなくなっただけで、呼吸に間隔があったことは変わらない。患者の手足は氷のように冷たかった。

十一時五分前になって、催眠術が効いてきたと思われる確実な兆候が出た。ガラス玉のようになっていた目が、眠りながら覚めている状態でしか見られない不安げな内省の表情に変わった。これを見違えることはない。ささっと手を横に動かすと、眠りかけたように瞼（まぶた）が揺れて、さらに何度か手を動かすうちに、まったく目は閉じていた。だが、まだまだ充分であるはずはなく、なお私は懸命に操作する手を止めず、気力を振り絞った。そして、ようやく眠る患者の手足を無理のない位置に整えてから、完全に硬直させるにいたった。足はまっすぐ伸びていて、手は腰の左右にやや開き気味に置かせた。頭はわずかに持ち上がるように枕に載せている。

ここまで到達した時点で、とうに深更に及んでいた。私は立ち会いの医師二人に、ヴァルデマー氏の容態を見てくれるように頼んだ。しばらく検分していた医師が、めずらしいほどに完璧な催眠状態であると認めた。二人とも好奇心に駆られたようだ。D医師など、ただちに徹夜の覚悟を決めて、ここで患者を見ていると言いだした。F医師は、いったん帰ることにしたが、夜明けに戻ってくると約束した。医学生Lと看護人二名は室内に残った。

そのまま午前三時までは、ただ寝かせておいただけである。三時に私が寄っていくと、ヴァルデマー氏の様子にはF医師が出ていった時刻から全然変わったところがなかった。つまり姿勢に変化はなかった。脈拍は検知されず、呼吸は静かで（口に近づけた鏡が曇らなければ息をしているとわからなかったろう）、目は自然に閉じていて、手足は大理石のように硬く冷たくなっていた。それでいて、全体の印象としては、これが死人だとは思われない。

近づいた私は、ものは試しという気になって、横たわるヴァルデマー氏に私の右手をかざし、そろりそろりと揺らしながら、これを追うような動きを氏の右腕にもたらすことはできないかと考えた。この患者に対して、いままでは十全な成果の挙がらなかった実験である。まさか土壇場で効果が出ようとは思わなかったが、何たることか、私が腕を動かす方向に、微弱ではあるけれども上々の反応を見せつつ、氏の腕もまた動こうとしていた。私は思いきって話しかけてみることにした。

「ヴァルデマーさん、いま眠っていますか？」これに返事はなかったが、ひくりと口元にわずかな動きが見えたので、二度、三度と同じ質問を続けたくなった。すると四度目に、氏の全身に微動が走ったようだ。いくらか瞼が上がって、うっすらと白目の線が出た。重く閉じていた唇がずれ動いて、その隙間から、かろうじて聞き取れるささやき声が洩れた。

「ああ——眠っている。このまま起こさず——死なせてくれ」

手足に触れてみると、すっかり硬直したままだ。右腕だけは、さっきから同じように、私の手の指示に従おうとしている。眠ったまま覚めている男に、私はまた問いかけた。

「まだ胸は痛みますか、ヴァルデマーさん？」

今度はすぐに返事があったが、さらに聞き取るのは難しくなっていた。

「痛くはない——死にそうだ」

この段階でこれ以上は刺激しないのがよかろうと思って、しばらくは手出しも口出しもしなかった。そのうちに夜明け前になって戻ってきたF医師は、まだ患者が生きていたということに驚きを隠そうとしなかった。まず脈を取り、口の前に鏡を寄せてから、医師は眠りつつ覚めている患者に話しかけてくれないかと私に言った。そこで私は——

「ヴァルデマーさん、まだ眠っていますか？」

またしても応答があるまでには数分を要して、その間、死にかけた男は言葉を発する気力を整えているようだった。私が五度目となる問いかけをすると、弱々しく、ほとんど聞こえない答えがあった。

「ああ、眠っている――死ぬところだ」

ここにいたって二人の医師の意見、というよりも願望は、ヴァルデマー氏を現状のままに放置することだった。一応は穏やかな状態にあるらしいので、ただ死の到来を待てばよい――もはや数分以内のことだろう、という見方がまとまった。だが私は、もう一度だけ話しかけようと思って、いまの質問をそのまま繰り返した。

すると私の問いが終わらないうちに、眠って覚めている男の顔つきが明らかに変わってきた。ぎょろりと目が見開かれて、その瞳が上目遣いになって消失した。死の色に覆われた皮膚は、羊皮紙どころか、白い紙のようだった。これまで左右の頬に浮き出ていた結核特有の紅潮が、ふっと消えた。こんな言い方をするのは、まるで蠟燭の火を一息で吹き消したような、としか思えないほどに、いきなり消えたからである。これと同時に、しっかりと歯を隠していた上唇がめくれ上がり、また下顎もかくんと音を立てて落ちたので、大きく開いた口の中に、腫れ上がって黒ずんだ舌がまざまざと見えていた。この場に立ち会っていた面々は凄惨な臨終の光景も見慣れていたはずなのだが、ヴァルデマー氏のおぞましい死にざまは想像を絶するものであり、一同さすがに腰が引けて、思わず後ずさりしていた。

さて、ここまでお読みになった方々は、あまりの出来事に驚いて、こんなものは作り話だと断じたくなるのではあるまいか。だが私は語り手の役割に徹するだけである。もはやヴァルデマー氏には生命力の名残さえも一切なくなっているように思われた。ついに事切れたのだと断定して、あとの始末は看護人にまかせることにしていると、あの舌がぶるぶる震える気配を見せて、これが一分ほども続いた。ひとしきり舌が震えていたあとで、ぱかっと開いたきりになった口から発せられる声があった。どんな声だったのか、文字で伝えようとするのは狂気の沙汰だろう。たしかに、どこかしら妥当する形容も、二つや三つはあるかもしれない。たとえば——ざらついている、途切れがちに空しく響く、というような。だが、おぞましき音をそっくり言葉にすることはできない。あのような音は、いまだかつて人類の耳を騒がせたことがないのだから、述べる言葉のあろうはずがない。しかし、ここで発せられた音声について、その特徴と言ってもよさそうなこと——まるで異界の音だったような性質を、いくらかでも言えるかもしれないと当時の私が思って、いまでも思っていることが二つある。まず一つは、その声が私たちの耳には――少なくとも私の耳には――ずっと遠いところから、あるいは地の底の深い洞穴から届いてくるように聞こえたこと。もう一つは（こんな言い方をしてわかってもらえるとも思えないのだが）ねっとりした触感に近いものとして到達したことである。

いま私は「音」とも「声」とも言った。つまり、この音には明瞭に――みごとなまでに、ぞくぞくするほど明瞭に――音節の区別ができていた。ヴァルデマー氏は言葉を発したのだ。さきほどの私の問いかけに答えようとしたことは明らかだった。まだ眠っているのかという質問だったことは、ご記憶であろう。氏はこう言った――

「ああ――いや――ずっと眠っていた――いまは違う――いまは――死んでいる」

たったこれだけの言葉によって、ずばり計算したように語られた驚愕の事実こそ、言葉にならない戦慄(せんりつ)をもたらすものであって、そうと気づかなかったことにはできず、抑えようとして抑えられる恐怖でもなかった。医学生Lは卒倒した。看護人は二人とも部屋を逃げ出し、どうあっても戻ろうとしなかった。私がどんな心地になったのか、わかってもらえるように語ろうとは思わない。それから一時間近く、私たちは押し黙って――一言も発せずに――ともかく医学生Lを回復させようとしていた。この男が息を吹き返してからは、あらためてヴァルデマー氏の検査に取りかかった。

前述の時点から、氏の状態に変化は見られなかった。とはいえ顔に鏡を近づけても息で曇るということはない。また腕から採血しようとしたが、うまくいかなかった。その腕に私の意志が及ばなくなっていたことも付言しよう。私の手の動きを追わせようとしたが無駄だった。催眠の効果が残っていると見られる兆候は、私が問いかけるとぶるぶる揺れだす舌の動きだけだった。どうやら応答しようとする気配なのだが、それを果たす意志の働きが足りない。私以外の人間が質問しても、まるきり反応はなかった。この場の誰なりとでも交感を遂げさせられないかと試みたが、やはり氏は無感覚のようだった。ここまで言えば、眠りつつ覚めていた氏の状態を理解する上での条件は、すべてお話しできたと思う。ほかの看護人を調達して、私は二人の医師および医学生Lと連れ立って、十時にヴァルデマー氏の家を出た。

午後になって、また全員が患者の様子を見に行った。まったく変わっていなかった。私たちは善後策を協議して、いまから目覚めさせることは妥当であるか、そもそも可能であるかと考えた。この相談はすぐにまとまった。そんなことをしても何にもなるまいという結論である。いままでは死が（通常の用語では死であるものが）催眠術の作用によって一時停止になっていたと思ってよかろう。そうであれば、いまヴァルデマー氏を目覚めさせたら、ただちに生命の消滅をもたらすか、少なくとも消滅を促すだけでしかないということは、誰が見ても明らかなのだった。

そんなことがあってから、つい先週末にいたるまで――かれこれ七か、八カ月にもなるのだが――私たちは毎日ヴァルデマー氏宅に通いつめた。ほかに医学関係者などの知人が同行していたこともある。その間、眠って覚めている男は、前述のような状態といささかも変わることがなかった。看護人による付き添いは、継続して行なわれている。

さて、先週、金曜日のことである。ついに私たちは意を決して、氏を目覚めさせる――そのように試行する――実験に取りかかることにした。そして、この後段となった実験の（おそらく）不幸な結末によって、各方面で議論がささやかれることになり、また私としては不当だと考えざるを得ない大衆感情にもつながったのである。

ヴァルデマー氏の催眠状態を解除するために、まず私はいつものように手をかざして動かした。しばらくは何の効果もなかった。そのうちに蘇生するかもしれない兆候として、目玉が下向きに回転し、瞳がいくらか降りてきた。ここで特筆すべきは、目の動きに伴って(瞼の下から)黄色っぽい膿汁が溢れ出し、強烈な異臭が鼻をついたことである。

もう一度、患者の腕に作用を及ぼしたらどうか、という話になって、そのように試みた。さらにF医師が、私から質問をしたらよかろうとの意向をちらつかせるので、私は次のように言った。

「ヴァルデマーさん、いまのご気分はいかがか、どんなことをお望みか、聞かせてもらえますかな?」

すると即座に、頬が赤くなる症状が戻った。ぶるぶると舌が震えて、というよりは(顎も唇も硬直したままなのに)舌だけが口の中でのたうって、ついには前述のおぞましき声が、まったく同じように飛び出してきた。

「いいから早くしてくれ——早く!——早く!——眠らせてくれ——さもなくば、早く目を覚まさせろ——早く!——おれは死んでるんだぞ!」

私は泡を食って、とっさの判断に迷いが出た。とりあえず平静な状態に戻そうとしたのだが、その集中力がまとまらなくなって挫折し、この路線からは撤退して、今度は目覚めさせる方向で奮闘した。こちらは有望で、すぐに手応えがあった——ここまで来れば首尾は上々と思い込んだくらいで――いよいよ患者の目覚めを待望する雰囲気になっていたのだと、いまでも思う。

ところが、現実の出来事は、およそ人間が心の準備をしていられるようなものではなかった。

患者の口ではなく舌から「死んでる！　死んでる！」という叫びが噴出するところに、私が大急ぎで催眠術の手をかざしていると、いきなり患者の全身が――ほんの一分もたったかどうかのうちに、ぐしゃりと縮んで――崩れて――私の手の下で、ずるずる腐乱した。寝台の上にあって一同が目にしていたのは、ほとんど液状になった凄惨な――醜怪きわまる膿み爛れた塊なのだった。

大渦巻への下降

自然界における神の方法は、摂理におけると同様に、人間の方法とは違っている。また、いかに人間が工夫したところで、神意がもたらす大きく、奥深く、計り知れぬものには、到底およぶべくもない。神の御業はデモクリトスの井戸よりもなお深い。

——ジョーゼフ・グランヴィル

ついに切り立つ岩山を登りきった。しばらくの間、老人は口をきくのも大儀のように見えた。

「ちょっと前なら」ようやく老人が言った。「この道をたどるのだって、下の息子にも負けないくらい簡単にご案内できたでしょうが、三年ほど前、ある出来事に見舞われましてね。あんな目に遭った人間はいないだろうと――いや、少なく言っても、あいうことになってから生きて帰って話をする人間はいなかったろうと思いますよ――とんでもない恐怖にさらされた六時間で、身も心もずたずたになりました。ひどく年寄りだと思われましょうが――そうではないのです。ほんの一日もたたないうちに変われば変わるものでして、真っ黒だった髪は白くなり、手足に力が入らず、だらしない根性になって、わずかに動いただけで身体が震え、ただの影に怯えもする。こんな小さな崖から下を見たって、目が回りそうになる始末なのですよ」

いま「小さな崖」と言われたのは――この老人が無造作に転がって休息の姿勢を

とったものの、ずるりと落ちかかっていながら、すべりやすい崖っぷちに肘をついているので、かろうじて落ちずにいるという断崖だが――黒光りするような岩肌が、まったく途切れることもなく、巨岩の群れから抜きん出て、千五、六百フィートは立ち上がった絶壁なのである。私などは、何がどうあれ、崖の際から数ヤード以内に近づきたくなかった。いや、それどころか、連れの老人の危ない姿勢が気が気でならず、私のほうが地面に倒れ伏して草木をつかみ、空を見上げることすらできなくなって――この岩山さえも吹きすさぶ風に土台から揺らぐのではないかという観念を、振り払おうとして振り払えないのだった。どうにか自分に言い聞かすように覚悟して、上体を起こして遠くを見るまでには、かなりの時間がたっていた。

「よけいなことを考えてはいけません」この案内人は言った。「せっかくお連れしたのに、こわがっていては仕方ない。いま申し上げた出来事の現場を見るには、ここが最適なのですよ。そのあたりを眼下に見ながら、すべてお話しいたしましょう」

「この場所は――」と語りだした老人には、細かいことを一つずつ言いたがる癖があった。「ノルウェー海に臨んで、北緯六十八度――大きく言えばヌールランと呼ばれる地方の、侘(わ)びしきロフォーデンにあります。いま山頂まで来ていますが、これがヘルセッゲン、すなわち雲の山。では、もう少し、目の位置を高くして――ふらつくようなら草にでもつかまって――そうです――遠くを見ると、帯状に流れる霧があって、もっと下に海がある」

たしかに、くらくらする目の先には遥かなる大洋が広がって、インクを流したかに見える海の色は、その昔にヌビアの地理学者が残した「暗黒の海」という記述を思い出させた。これよりも荒漠とした風景など、人間の想像が及ぶものではあるまい。そして横を見れば左右いずれの方向にも目の届くかぎりまで、この世界が要塞ならば、その城壁であるように、おぞましいほど黒く峨々(がが)たる断崖が連なっている。海からは果てしない怒号を繰り返して不気味な白波がせり上がるので、黒く陰鬱な壁がなおさら際立って黒かった。こうして頂点に登った岩山から正面の沖合、五マイルか六マイルの距離に、蕭然(しょうぜん)たる島影がある。いや、荒海に包囲されて、ようやく小島の位置がわかるくらいに見えていると言うべきかもしれない。それよりも二マイルほど手前に、さらに小さな島がある。ひどく岩だらけの情けない島で、ぽつぽつと点在する暗い岩礁に取り巻かれていた。

沿岸から沖の島まで、海の様子が普通ではなかった。ちょうど陸に向けて強風が吹いていたので、ずっと遠くに見える帆船が、小さく縮めた補助の縦帆だけで向かい風を受けて、ほとんど停止しながらも、その船体は波間に見え隠れするばかりに大きく上下していた。それなのに海岸の近くを見れば、うねりと言うほどの動きはなく、小幅な波がせわしなく入り乱れて騒ぐだけだった——これは風向きとは関わるまい。また岩のすぐ近くでもなければ、とくに泡立つところもなさそうだ。

「遠いほうの島ですが」老人の話が続いた。「あれはヴァーグと言います。手前のがモスコー。そこから一マイルほど北にアンバーレン。その向こうにイフレーセン、ホエイホルム、ヒエルホルム、スアルヴェン、ブクホルム。やや離れて——モスコーとヴァーグの間に——オッテルホルム、フリーメン、サンフレーセン、スカルホルム。どれにも名前がついているのですが、どういう必要があってのことか、いまとなってはわかりません。さて、何か聞こえませんか？　海に何やら変わったことは？」

このヘルセッゲンという山に登ってから、十分ばかりたっていた。陸地側から来たのだから、海を見ないままに山頂までたどり着いて、いきなり大海が目に飛び込んだのだった。そして老人の話を聞きながら、そう言えば大きな音がだんだん高まっていると思った。アメリカの大平原ならバッファローの大群がうなり声を上げるようなものだろう。また同時に、船乗りの用語で三角波とでも言うような眼下の海の小刻みな動きが、東へ向かう潮流へと急速に変わりつつあることもわかった。私は目を見張った。潮流はみるみるうちに怪物じみた勢いを得る。一瞬ごとに速度が増して、まっしぐらに突き進んでいくようだ。五分ほどでヴァーグ島までの海域全体が荒れ狂っていたのだが、その威力の中心はモスコー島と海岸の間にあった。巨大な水塊であるはずの海に、めりめりと分裂が生じたように逆巻く流れが揉み合って、一気に狂乱した海は——盛り上がり、沸き返り、泣き叫んで——無数の大きな渦潮となって回転し、ぐるぐる巻きながら東に突進して、その速さたるや、水の動きとしては滝をすべる急流にしかあり得ないものだった。

さらに数分後、ふたたび海の風景は、がらりと様相を変えていた。海面が全体として静まりかけて、渦巻が一つまた一つと消えていったかと思うと、いままで見えなかった泡立つ縞模様が途方もない大きさで出現し、ついには遠大な距離におよぶまでに広がって、消えていった渦巻の運動を大きく一つにまとめるような、さらなる大渦巻の初期状態をなすかに見えた。そして突然に——まったく突然に——くっきりと形のわかる現実となった。直径半マイルを超える円形が落ち窪んだのである。その外輪には光る波しぶきが幅広の帯となって見えていた。しかし、とんでもない円の底部に向けて、波しぶきの一滴たりとも崩れてはいかない。漏斗形の内側は、ここから望見するかぎり、なめらかに輝く黒々とした水の壁だった。水平に対して約四十五度の傾斜がついて、ぐらぐら揺れながら目のくらむ速度で回転を続け、絶叫のような怒号のような、かのナイアガラの瀑布が天に向ける苦悶（くもん）の声もかくはあるまいという物凄い音響を風に飛ばしていた。

山が根底から揺れた。岩盤まで震えた。私は地面にへばりつき、ただ恐れおののくばかりで、わずかな草にもしがみついた。

「これが――」ようやく口をきけるようになって、私は老人に言った。「これこそがメールストレムという大渦巻なのですね」

「そういう言い方もありますが、ノルウェーでは真ん中の島の名前からモスコーストレムと言っております」

この大渦巻に関してはまずまず文献がそろっていて、私も読んでいたつもりだったが、実物を目の当たりにすれば、何の予備知識にもなっていなかったことが知れた。その中ではヨナス・ラムスの著述が詳細なものだと言えようが、こうして現場で思い知る威容、驚異がいかなるものか——あるいは、どれだけ見る者の度肝を抜く奇想天外なものであることか——この著者といえども、まったく語りきれていない。どういう視点から観察したのか、いつの時点の記録なのか、私には何とも言えないが、ヘルセッゲンの山頂から見たのではないこと、また荒天の日でなかったことは確かだろう。ただし、全景の印象を伝えるにはあまりに力不足だとはいえ、細部の記録としては見るべき箇所があるので、いくらか紹介してもよかろうと思う。

こんな記述がある。「ロフォーデンからモスコー島までは水深が三十六から四十尋（ひろ）あるのだが、その先、すなわちヴァー（ないしヴァーグ）島に向かうと浅くなり、船舶の航行にも差し支えて、まったく穏やかな天候にあっても座礁する危険がある。上げ潮になると、ロフォーデンとモスコー島の間の海域に、水流が猛然と押し寄せる。しかし、げに恐ろしきは轟音（ごうおん）を上げる引き潮であって、その凄（すさ）まじさたるや、いかなる大瀑布の威力でさえも、なかなか及ぶものではない。その音は十数マイルの彼方まで聞こえ、渦巻は海に大きく深い穴をあける。もし近づく船があって吸引力につかまれば、もう否応なしに海底まで引きずり込まれ、岩にぶつかり砕かれる。水の動乱がおさまると船の破片が海面に戻されもするが、そんな静かな時間は潮の干満が入れ替わる合間にすぎず、かつ天候が穏やかな場合だけであって、せいぜい十五分ほども続いたかと思うと、ふたたび海は凶暴になっていく。大暴れする水流に荒天の勢いが重なると、一ノルウェー・マイル[1]以内は危険である。船の大小、用途はともあれ、不用意に近づいて巻き込まれた事件は何度もある。また同様に、うっかり寄っていった鯨(くじら)が激流のなすがままに翻弄されて、逃れようとして逃れ得ず、もがき苦しむ咆哮(ほうこう)はもはや筆舌に尽くしがたいということがある。かつて熊がロフォーデンからモスコー島へ泳ぎ渡ろうとしたが、渦につかまって呑(の)み込まれ、その絶叫が陸地までも届いたという。樅(もみ)や松の大木が吸い込まれた場合には、あとで浮かび上がるとしても、折れたり裂けたりして、ささくれた木肌になっている。ということは、海底はごつごつした岩だらけで、その岩の間をさんざん振りまわされたと思ってよい。海水の流れは、潮位が上昇する繰り返し——すなわち六時間ごとの一定した上げ潮と引き潮——

1　最近のポーの注解版（ケヴィン・J・ヘイズ編、ハーヴァード大学出版局［二〇一五］）は、一ノルウェー・マイルは六・九二マイルに相当したという数字を挙げている。約十一キロメートル。

によって決められる。一六四五年には、四旬節前の第二日曜の早朝に、轟然と荒れ狂う海の衝撃によって、沿岸の家屋で石壁が崩落する被害を出した」

ここに記された海の深さが、もし渦巻の直近の水深であるとしたら、どのように計測したものなのか私には見当もつかない。四十尋というのは、モスコー島かロフォーデンか、いずれにせよ海岸付近の数字でしかないだろう。モスコーストレムなる大渦巻の中心部は、計測不能の深さであるに違いない。このヘルセッゲンなる岩山に上がって、渦巻の深淵を横目にでも一瞥すればよいことで、それ以上の証拠は要らない。高い山から見下ろして、冥界の火の川もかくやという光景を目にするならば、鯨や熊を引き合いに出して驚異を語ろうとするヨナス・ラムスという素朴な御仁に、私は苦笑を禁じ得ない。どう考えてもわかりそうなものだとしか思えないのである。たとえ最大級の軍艦であっても、あのような吸引力の圏内に入ったら、一枚の羽根が嵐に立ち向かおうとするように、ひとたまりもなく消されるだけのことだろう。

この現象については諸説があって——文字で書かれた説明を読んでいると、まずまず納得できそうなものもあったのだが——いまとなっては釈然としないことばかりだという感がある。そうした中で通説となっているのは、フェロー諸島のやや小ぶりな渦巻と同様の解釈であるようだ。「上げ潮の際に生じる波の衝突に原因を求めるしかない。すなわち海中の岩礁、岩棚に波が止められて、せり上がってから滝のように落下する。上げ潮の勢いが強ければ、落ちる反動も強いはずだから、おのずと渦を巻く結果になるのだろう。そこに強大な吸引作用があることは、より小規模な現象からも観察される――」というのは『ブリタニカ百科事典』からの引用である。またキルヒャーなど諸家の想像するところでは、メールストレムの中心には地の底を穿つほどの深淵があり、どこか僻遠の地まで通じているのだとして、ボスニア湾[2]に抜けると断定するかのような記載もある。もちろん、ただの空論と言うべきだが、私も現場を見ていて、つい似たような想像を誘われていた。そんな話を案内人にしてみると意外な答えが返った。これに賛同する見方がノルウェーでも普通なのだが、自分ではそうは思わないというのだった。そして波の衝突という説についても、まったくわからないという心情を吐露した。この点では私も同意見だった――どれだけ文献として論旨が

2 スウェーデンとフィンランドの間の湾。ノルウェーからはスカンジナビア半島をはさんで反対側。

整っていても、ここへ来て鳴り響く深淵に立ち会えば、まったく意味をなさないばかりか、愚かしいだけだとさえ思えてくる。

「これだけご覧になればよいでしょう」老人は言った。「では岩山の陰にまわって風を避け、海の音も弱まるところで、ひとつお話をいたしますよ。モスコーストレムについては、いささか心得のある男だとおわかりいただけるはずです」

そこで老人の言うままに場所をとって、物語が始まった……。

私らは三人兄弟で一隻の漁船を持っとりました。二本のマストに縦帆を張った七十トン積みほどの船で、モスコーからヴァーグ近辺までの島の間を漁場にしていたのです。海というのは、うまく潮時を見て、こちらに度胸さえあれば、渦を巻いて荒れているくらいで好漁になります。ただ、ロフォーデン一帯の漁師でも、そのあたりに船を出すことにしていたのは私らだけでした。普通はずっと南寄りに行きます。そっちは潮時など見なくたって、たいして危なくもない仕事ができますので、たいていの漁師は南へ出ます。ところが、こっちで島の間にいれば、獲れるものは種類が豊富で、いくらでも大漁が見込めますから、気の弱い漁師が一週間かけてやっと届くような水揚げを、私らは一日で軽く稼いだりもしました。すっかり博打みたいな生き方でして、こつこつ働くよりは命がけの勝負に出る、肝が据わってれば元手は要らねえ、なんていう了見になっていました。

このへんの海岸からは五マイルほどの入り江に、いつも船を泊めておりました。天気が良ければ、海が静まる十五分ばかりの時間をねらって、だいぶ北へ上がってからモスコーストレムの出る水路を突っ切り、あとは適当にオッテルホルムかサンフレーセン近辺の、なるべく渦巻がおとなしいあたりで錨を下ろします。しばらく動かずにいて、次に静まる時間になりそうだと思ったら錨を上げて、帰路につきました。そうやって行って帰ってくるには、うまいこと横風が吹いていてくれないといけません。まだ海の上にいるのに風が止まるなんてことのないように――よしと見込んだときでなければ出て行きやしません。まず計算が外れることはありませんでしたが、六年間に二度だけは、ぴたっと凪いじまいまして、一晩中、錨を下ろしていました。このあたりの海では、めったにあることじゃありません。また一度だけ、一週間近くも帰れなくなって、そのまま飢え死にするかと思ったりもしました。漁場に着いたとたんに突風が吹き荒れて、とてもじゃないが帰れるような海ではなくなりましたんでね。あのときばかりは、どうあっても外海へ流されるかと思いました。ぐるぐる振り回されてるうちに、錨がきかなくなって引きずったくらいですが、偶然、波の逆巻く海で流れに乗って——そんな逆流が日替わりで出たり消えたりしましてね——フリーメン島の風下側へ連れて行かれたのを幸いに、やっと錨の働きを取り戻しました。漁に出て行ってどれだけ大変な目に遭ったことか、その二十分の一だって語れるものではありません。いくら天気が良くたって、ろくな場所ではないのです。しかし、どう耐え忍んでも、せめてモスコーストレムの祟りにだけは遭うまいと、知恵を絞りました。もちろん心臓が口から飛び出しそうな思いもしています。海が静まる時間より一分ほど早すぎる、遅すぎる、なんてことがありましてね。当初の見込みほどに凪が強まらず、どうも船足が重くなって、そのうちに海の流れに舵を取られるという——。兄の息子は十八になっていましたし、私にも丈夫なのが二人おりましたから、漁の手伝いもさりながら、行くまで櫂を漕がせたりすれば、ずいぶん役に立ってくれたでしょうが——まあ、自分らはともかく、若い者まで危険にさらす気にはなれませんで——。何だかんだ言って、とんでもなく危ないことをしていたには違いありませんのでね。

あと何日かすれば、これから申し上げる出来事のあった日から、ちょうど三年になります。一八――年、七月十日のことでした。地元の人間なら忘れますまい。天が地上にもたらした嵐として、これ以上はないというように吹き荒れた日です。ところが午前中ずっと、また午後も暮れかかる頃までは、穏やかな一定した風が南西から吹いていて、明るい陽射しが降りそそいでいましたので、ここいらの海を知りつくした最古参が見ても、まさかあんなに荒れるとは思いもよりませんでしたでしょう。

私ら三人の兄弟が、いつものように海を渡ったのは午後二時頃のことです。まもなく船が満杯になるくらいの大漁で、こんなに獲れた日はないだろうと言い合ったものでした。それから私の時計で七時になったのを見て、錨を上げ、帰ろうとしました。次に海が静まるのは八時。そのへんで難所を越えてしまおうという目論見です。しっかりした風を右舷(うげん)の船尾側から受けて出発し、しばらくは快調そのもので、これから危ない目に遭うとは夢にも思いません。そんな心配の種などは、これっぽっちもありませんでした。ところがヘルセッゲンの山の向こうから陸風が一気に吹き下ろして、まともに帆の前面を押してきたのです。異例でした。まったく初めてのことで――よくわからない胸騒ぎがいたしました。この向かい風を斜めに受けようとしましたが、そんなことで進める生易しい海ではありません。これでは仕方ないから、さっきまで停泊したあたりへ引き返そうと言いかけて、ふと後方を見れば、おかしな雲が銅のような色を水平線いっぱいに広げて、ものすごい速度で立ち上がっていたのです。

そうこうするうちに、いましがた真向かいから針路を妨げた風がもう吹きやんでしまって、どこからの風もなくなった海で、ただ流れにまかせて揺すられることになりました。それもまた長くは続かず、どうするか考える暇もありません。ものの一分とはたたずに、今度は嵐が襲来して——さらに二分ともせずに空は雲に覆いつくされ——しかも波の飛沫が猛然と舞っていますから、急に真っ暗になって、船に乗っている三人が顔もわからないくらいでした。

あのときに吹いた嵐がどんなものだったのか、語ろうとするだけ愚かなことです。ノルウェーの海のどんな古老でも、あんな荒天に覚えはないでしょう。大風を食らわないうちに帆を完全に緩めておいたというのに、まず一吹きでマストを二本とも持っていかれました。まるで鋸で切ってあったように、すぱっと飛ばされて——メインマストもろともに弟が消えました。安全策のつもりでマストに身体をくりつけていたのですよ。

およそ水に浮かんだ船が、あれほど軽い羽根のようになったことはありますまい。真っ平らな甲板の船でして、凹凸らしきものといえば、舳先寄りにハッチがあっただけですが、これだって荒波をかぶるかもしれないと用心して、ストレムの海を越える前には忘れずに密閉いたしました。そうでもなければ、あっさり沈没していたでしょう。しばらくは船全体が波の下にあったのですからね。あの局面を兄がどう切り抜けたのかわかりません。そこまで見届ける暇もありませんでした。私はというと、前の帆を緩めてから、すぐ甲板に這いつくばり、船首で狭まる船縁に足を突っ張って、前マストの根元にあったボルトの輪っかを握りしめたのです。まったく本能に駆られての行動でしょう。結果としては最善の姿勢になったに相違ないのですが、あの混乱では考える余裕などありません。

というように、しばらく水をくぐっていたのでして、もう私は息を止めてボルトの輪にしがみつくだけでした。ついに我慢がきかなくなったので、手は放さずに膝をついて起き上がると、ひょっこり首だけ出ました。ほどなく船がぶるんと揺れまして、水から出る犬じゃありませんが、そんなように震えながら一応は海面に浮いたのです。すっかり気抜けしたような私が、これではいけない、どうにか次のことを考えるのだと思っていると、腕をつかまれる感触がありました。兄でした。てっきり海に投げ出されたのだろうと思っていたので、心臓が飛び跳ねそうに喜んだのでしたが——次の瞬間には恐怖に様変わりです。兄が私の耳に口を寄せて叫んだのですよ。モスコーストレムだっ！

このときの私がどんな心地だったか、おわかりにはなりますまい。とんでもない瘧（おこり）にかかったように、頭のてっぺんから足の先までがくがく震えました。その一言だけで私にはわかりました。兄が言いたいことは充分に伝わったのです。いま船を押している風の具合からすればストレムに向かうことは必至で、もはや逃げようがなかったのでした！

ストレムの出る水路を行くには、たとえ静まり返った日でも、ずっと北へ迂回して様子を見てから、波がおさまる時間を見計らったと申しましたでしょう。その大渦巻に真正面から、しかも猛烈な嵐のさなかに突っ込もうとしている！「いや、いまから行けば、ちょうど静かな時間帯だ。まだ絶望でもない」と思ったのですが、すぐに希望という夢を見た自分の愚かさを呪いました。九十門の大砲を積むような軍艦の、そのまた十倍もある船だって、もはや命運は尽きたろうというものです。

　この時点で、嵐は当初の勢いがおさまっていました。あるいは、吹き流される私らが、いくらか鈍感になっていたのかもしれません。ただ、いずれにせよ、さっきまでは強風に押さえつけられて、せいぜい泡立つ程度になっていた海が、いよいよ大山というべき高さに盛り上がったのです。そしてまた空を見ても、おかしな変化が生じていました。どっちを見ても相変わらずの真っ暗闇でしたのに、頭の上の空だけが、ぽっかりと丸い穴を切り抜いたように――こんな空があったのかと思うほどに澄みきって――あざやかな紺色になったのです。その穴から照りつけたのが皓々たる満月で、ああまでに月が輝くものだとは知りませんでした。おかげで何もかもくっきりと見えたのでしたが――ああ、そうやって照らされるのが、いかなる光景であったことか！

　一度か二度は兄に話しかけようとしましたが――どういう具合なのか、あたりの轟音がいよいよ高まり、兄の耳元で声をかぎりに叫んでも、さっぱり聞こえないようでした。ほどなく兄は死人のような顔色で首を振り、いいから聞け、とでもいうように指を一本立てたのです。

　とっさに何のことかわからなかったものの――まもなく、あっと気がついて、おぞましいことを悟りました。ズボンの小ポケットから懐中時計を取り出すと、やはり止まっています。月明かりで見る文字盤に、思わず涙が出て、時計を海に放り投げました——。七時で止まったきりだった！　もう海が静まる時間には遅れてしまって、ストレムが狂乱の渦を巻く真っ盛りになっている！

船というものは、しっかりした造りで、傾かずに浮いて、吃水(きっすい)が深すぎなければ、強風時の波でさえ、追い風に走る船の下をすり抜けていってくれます。陸地で暮らす人にはわかりにくいでしょうが、海では波に乗るなどと言います。このときまで私らは、うねる高波にうまく乗って越えていたのでしたが、まもなく船尾から巨大な波につかまって、高々と、空まで届きそうに持ち上げられました。あれほどに高くなる波があるとは、にわかに信じられません。そうしたら今度は急降下で滑り降りて、まるで夢の中で高い山のてっぺんから落とされたようなので頭がくらくらいたします。ですが高くなっていた間に、すばやく周囲に目を走らせていて——それだけで充分にわかったのです。この船の正確な位置を瞬時に把握いたしました。モスコーストレムが四分の一マイルほどの前方に迫っています——。ただ、いつも見る姿とは格段の差がありました。もうご存じの渦巻が、まさか水車を回す水のように見えることはありますまい。それくらいの大違いですよ。あのとき私らがどこにいて、どうなるのか、そういうことがわかっていなければ、どういう現場に出たのか見当がつかなかったでしょう。でも、わかっていればこそ、思わず恐ろしさに目を閉じてしまいました。瞼（まぶた）が引きつったように固く合わさったのです。

それから二分とはたたなかったはずですが、いきなり波の揺れがおさまったようで、あたりに泡が立ちました。すると船はくるりと左回りに反転して、その方向へ稲妻のように突っ走っています。また同時に、あの海の轟音を完全にかき消すほどの、耳をつんざく絶叫のような音が響き渡って――まあ、たとえて言うなら、何千という蒸気機関が一斉に排気音を鳴らしたというようなものでしょう。いまや船は大渦巻の外輪となる帯状の白波の中にいました。もちろん私はあと一瞬で深淵に墜落するのだと思いましたが――たまげるような速度で運ばれていますので、いまから落ちて行く先がはっきり見えてはおりません。また水没する様子が全然ないのです。船は気泡にでもなったように、白波が立つ海の上っ面を滑走していました。右舷側に渦巻が迫っていて、左舷側にはさっきまで船がいた大海原がせり上がっています。海は巨大な壁が身をくねらすように立って水平線を見えなくしていました。

おかしな話だと思われましょうが、いよいよ深い穴に呑み込まれようとしていた私は、ただ近づきそうだった時点よりも、かえって平静になっていました。もうだめだと覚悟してしまえば、あわてふためいた当初の恐怖心がだいぶ失せていたのです。絶望したおかげで肝が据わったのでしょうね。

自慢話めいてしまうかもしれません――でも、まったく正直なところで――こうやって死ねるのだとしたら何とまあ立派なことではないかと考えだしたのです。これほどまでに荘厳な神威の顕現を見せてもらいながら、私一人の命がどうのこうの、ちっぽけなことを思っていては、つくづく愚かしいのではないか。そんな考えが心によぎって、一人で顔を赤くしていたように思います。しばらくして私は渦巻そのものへの興味をそそられて夢中になっていました。どれだけの代償を伴うにせよ、この際、深い穴の奥底まで探訪してみたいという気がいたしましたので、これから見るはずの神秘を陸に持ち帰って仲間に聞かせてやれないことが何よりも悲しくなったりしたのです。ああいう土壇場で、まあ、突拍子もないことを考えたものでして――ぐるぐる振り回されたので少々頭がおかしくなっていたのだろうと、あれから何度も思いましたよ。

私が気を取り直したのは、もう一つ事情があってのことです。風がやんでいました。このときの船の位置からして風が来なくなったのです。つまり、さきほどご覧になった通りで、白波が立つ帯状の部分は全体の海面よりは相当に低くなっています。その場から見上げる海は、黒々とした尾根となって高くそびえるのです。強風と飛沫がどれだけ人の心を乱すものなのか、もし吹きさらしの海に出たことがなければ、到底おわかりにはなりますまい。何も見えず、聞こえず、息が詰まって、身も心も働きを失います。そういう悩ましさが、かなり免除されていました。いわば監獄の中の死刑囚が、ついに執行と決まって小さな贅沢を許されたようなものでしょう。

砕ける白波の円環をどれだけ回っていたのか皆目見当がつきません。おそらく一時間ほどは漂うというよりは飛ぶような高速で回転を続けながら徐々に帯の幅の中央に寄っていって、さらには恐ろしき内縁に近づいたのでした。この間ずっと私はボルトの輪から手を離していませんでした。兄は船尾の大樽にしがみついていました。本来は水を入れる樽でして、漁籠の下を動かないよう船尾の突先(とっさき)に縄で固定していたのです。強風の第一撃のあとで飛ばされずに甲板に残ったのは、この空っぽの樽だけでした。いよいよ大穴へ落ち込もうかという瀬戸際になって、兄は樽を離れ、ボルトの輪につかみかかりました。恐怖に身悶えしながら、私の手を無理やりどかそうとしたのです。もとより二人の男がつかまっていられるほどの大きな輪ではありません。この兄がそんな挙に出るとは――すでに狂気の沙汰で――ただ怖さに煽り立てられての乱心には違いないとしても――これほどに深い悲しみはありませんでした。いや、だからといって私が争おうとしたわけではないのです。どっちの一人が輪につかまっていようがいまいが、いまさら何の違いがあろうかと思いました。ですから、ここは私が譲って、船尾の樽に向かうことにしました。さほどの難事ではありません。船はまずまず安定した旋回を続けて、ほぼ平衡を保ちながら――いくぶんか前後の揺れがあるくらいで、大きな渦の動きに乗って疾走していました。ところが私が樽につかまったと思う間もなく、船はがくんと右舷側に傾き、まっさかさまに奈落へと突っ込んだのです。私はあわてて神への祈りを口にして、これで終わりだと思いました。

急降下で落ちていく胸苦しさを覚えつつ、これも本能というものでしょう、樽にしがみつく腕に力が増して、私は目を閉じました。それから何秒かは目を開けることができませんでしたが、また一方で、もうすぐ死ぬのだとして、そろそろ水中で断末魔の苦しみにあってもよかろうにと思いました。でも刻々と時間が過ぎて、まだ生きていたのです。落ちている感覚はなくなっていました。船の動きは、傾斜の度が増したというだけで、さっきまで帯状の砕け波の中にいたときと似たようなものです。私は勇を鼓して、もう一度あたりを見ようと目を開けました。

あの凄絶な情景に恐れをなして見とれた感覚を、生涯忘れることはないでしょう。船は宙吊りになったように見えました。とんでもない円周があって、とめどない深みに沈んでいく漏斗形の内面に、その途中まで落ちて引っ掛かっているのですから、まるで魔法のようでした。この漏斗の内面は完璧なまでに滑らかで、黒檀（こくたん）で仕上げたのではないかと思うほどでしたが、それが目の眩（くら）むような速度で回転し、幻妖な黒光りを放っているのです。さきほど申し上げたように、丸い穴のあいた雲間から黄金色の輝きを横溢させる満月の光が、黒々とした水の壁から、はるか下の奈落の底にまで、流れ込んでいたのでした。

とっさに頭が混乱して、仔細（しさい）に観察することはできませんでした。一挙に目に飛び込んだ光景を、絶大な奇観として見ただけのことです。いくらか気を取り直すと、本能として視線が下へ向かいました。すると、どこまでも視野の奥行きが下がります。渦巻の内部で傾斜面に引っ掛かっている船の傾き具合からして、下方に目を遮るものはありません。船そのものは水平を保っていました。つまり甲板の角度は海面と平行だったと言えます。その海面に四十五度を超える傾斜がついているのですから、横倒しの船に乗っているようにも思えました。それでいて樽につかまって手足を踏ん張っていられたのは、まったく水平であったのと大差ないのでして、いかに高速で回転していたのかということだろうと思います。

月の光は深淵の奥底までも探ろうとするようでしたが、濃い霧が立ちこめていますので、私にはあまり見通しがききません。霧の上方には壮麗な虹がかかっていました。時間のない世界へつながる唯一の道だとイスラム教徒が言っている細くて危うい橋にも似ています。この霧、と言いますか濛々（もうもう）たる水の粒は、漏斗形の内面である大壁が最深部で衝突して噴き上げるに相違ないとして――その霧の中から天に向けて発せられる絶叫については、どうなっていたのか何とも言いようがありません。

最初の下降、つまり白波の帯から渦巻の本体に滑り落ちた際には、水の斜面をかなり下まで運ばれていたのですが、そのまま均等な落ち方をすることにはなりませんでした。ぐるぐると大きく回転しましたけれど――その動きは一様ではなく――でたらめに揺すられて頭がくらくらしながら、せいぜい数百フィートも行ったかと思うと、ほとんど一周してしまうこともありました。もちろん回転するたびに下降するのでして、徐々にではありますが、確実に下がっていることはわかりました。

そうやって黒檀を水にして流したような大荒野(だいこうや)で振り回されていて、あたりを見れば、この船だけが巻き込まれたのではありませんでした。上にも下にも船の残骸やら、大型の建材、太い木の幹などが見えますし、もっと小さいものでは、家具の破片、壊れた箱、あるいは樽、また樽がばらけた板材もあったのです。恐怖にとらわれていた私が、おかしなもので逆に興味をそそられるようになったことは、すでにお話しいたしました。いよいよ運命がきわまっていくというところで、ますます好奇心は抑えがたく、ここで道連れとなった各種の漂流物を、私は妙におもしろがって眺めるようになりました。もはや正気ではなかったというべきでしょう——泡立つ奥底へと落ちていく速度には品物によって差があるものだと見て喜んでいたりもしたのです。たとえば、この次に急落して姿を消すのは、あの樅の木であるに違いない、などと一人で決めていました。ところが難破したオランダの商船が追いついていって先に落ちるのですから、なんだか読みが外れたという失望感さえあったのです。こんな予測を何度か繰り返して、すべて見込み違いでしたので、そのこと自体が——つまり、まったく計算どおりに行かないということが、あれこれと考えを進めるきっかけになり、ふたたび私の手足を震わせ、心臓を脈打たすことにもなったのでした。

いいえ、あらためて恐怖にとらわれたというのではありません。もっと心を揺さぶる希望なるものが兆したのです。これは過去の記憶からも、また現在の観察からも生じていました。記憶というのは、モスコーストレムに呑み込まれ、放り出されて、ロフォーデンの海岸に流れ着く浮遊物が、まったく多種多様だったことです。その大半は見るも無惨な姿になっておりまして——まるで棘だらけになったように、ぼろぼろ、ずたずたに痛めつけられていたのですが——しかし、無傷で生還したように見えるものもあったではないかと、はっきり思い出したのです。どこに分かれ目があったのかというと、私に思いつくことは一つでした。ずたずたの残骸となったものは、いわば完全に呑み込まれていたのであろう——そうでないものは潮流の動きとしては遅い時点で落ちていったか、あるいは何かしら理由があって下降する速度が遅かったために、渦巻の底にまで達することなく、次の満潮なり干潮なりの時間が来たのではなかろうか。いずれにせよ、先に吸い込まれたり、素早く呑み込まれたりしたものの運命をたどらずに、通常の海面にまで戻されるということがあり得るのだと思ったのです。それから三つの重要な観察をいたしました。まず一つ目は、原則として大きな物体は落下速度が大きい。二つ目——同じ体積のものであれば、いかなる形の物体よりも、球体の落下が速い。三つ目——大きさが同じであれば、いかなる形の物体よりも、円筒形は吸い込まれる速度が遅い。あの脱出以来、私は近在の学校の老先生と何度か話をさせてもらって、おかげで円筒形だの球体だのという言葉遣いも覚えたのですが、その先生に聞いたところでは——文字通りには忘れてしまいましたけれども——浮遊する物体の形状に関しては、私が観察したようなことで自然の理にかなっているのだそうで——円筒を渦の中に入れると、嵩(かさ)が同じでどういう形をしたものよりも、渦の吸引力に抵抗し、なかなか引きずり込まれないことを見せてくれました。*

さて、あっと私が気づいて、それまでの観察を大いに補強し、これを利用しない手はないと思わせた条件があります。つまり、大きく周回するたびに、樽ですとか、また船の帆桁(ほげた)、マストが折れたものを見かけたのですが、まず私が目をあけて驚異の光景を目の当たりにしたときには、たしか同じ高さにあったはずなのに、いまではずっ

＊［原注］アルキメデス『流体中の落下について』第二巻を参照。

と上に見えていて、元の位置からずり落ちたとも思われないというものが少なくなかったのです。

もう私に迷いはありませんでした。しがみついているだけの樽に身体を縛りつけ、その樽を船から切り離して、樽もろとも水に飛び込んでしまおうと決めたのです。私は身振りで兄の気を引いて、近くを流れる樽を指しながら、どうにか意図をわからせようとしました。最後には兄にもわかっただろうと思いましたが——まあ、いずれにせよ、兄はもうだめだというように首を振って、輪っかのついたボルトの位置から動こうとはしませんでした。そうであれば力ずくでどうこうするのは無理な話です。差し迫った状況下で、もう猶予はなりません。私は心の苦しさにもがきながら、兄を運命にゆだねることにして、それまで樽と船をつないでいた縄で、樽と私自身を結びつけると、もはや一瞬の躊躇(ちゅうちょ)もなく海に飛び込みました。

あとの結果は、まったく思惑のとおりです。こうして私が生きてお話ししているのは、うまく脱出したということでして——どうやって逃げたかという方法はすでにご存じなので、この先の見当もついておられましょうから——さっさと結末を申し上げることにいたします。私が船を捨ててから一時間かそこらでしょう、はるか下まで行っていた船は、三度、四度、立て続けに激しく回転してから、あの兄を乗せたまま、ついに最後となる急降下を遂げて、泡立つ混沌の底へと突っ込んだのでした。私と一体になった樽は、思いきって飛び込んだ時点から、やっと海底までの半分も沈んでいたかどうか——というところで渦巻の様子が大きく変わってまいりました。巨大な漏斗形の斜面が、みるみる角度を減らします。泡や虹が消えていって、海が下からゆっくり盛り上がるように見えました。夜空が晴れていて、風はおさまっていて、満月が西の方角を光に染めて沈もうとしています。となれば私は海面に出て、ロフォーデンの海岸をすっぽりと視野に収め、あのモスコーストレムがあった海の中から浮かび上がっていたのでした。潮流は止まる時間帯ですが、まだ嵐の影響で山のように大きな波がうねっていました。私はストレムの水路を押し流され、ほんの数分のうちに沿岸を運ばれて漁場の海に達していました。ある漁船に拾われましたが——もう疲労困憊(こんぱい)というもので——それに(もう危機は去ったと思えば)つくづく危なかった恐怖の記憶がよみがえって、とっさに口をきくこともできません。船に引き上げてくれたのは、いつもの仲間でして、もちろん昔から顔を知っている漁師だというのに、私を見て霊界から迷い出た旅人も同然に思ったことでしょう。前日までは鴉(からす)のように黒かった髪は、いまご覧になるとおりで、すっかり白くなっておりました。顔つきまでも様変わりしていたのだと言われますよ。私は事の次第を語りましたが、おいそれと信じてはもらえませんでした。いままでの私の話を――やはり信用してはいただけないのでしょうかな。ロフォーデンの漁師仲間もそうでしたのでね。

群衆の人

一人にはなれないという、この大きな不幸

――ラ・ブリュイエール

あるドイツの書物について「読みようがない」という評があった。うまいことを言ったものだ。また、語りようがない秘密もある。毎夜毎晩、死の床で息を引き取る人がいて、告白を聞いてくれようとする聖職者の手を握りしめ、哀れっぽく目を合わせながらも、心が絶望し、喉が痙攣して死んでいくのは、どうにも言えない醜悪な謎があるからだ。人間の良心が抱える負荷は、その恐怖の重量がありすぎて、ようやく投げ出せるのは墓の中、ということがある。かくして罪悪なるものは、その本質を明るみに出されない。

さほど昔のことではないが、ある秋の日の夕暮れに、私はロンドンのDホテルのコーヒーハウスで、大きな出窓のある席についていた。それまでの数カ月、私は健康を害していたのだが、ようやく回復期にあって身体の力を取り戻しつつあり、いわば倦怠とは正反対の浮き立った気分――目の前の霧が晴れて、思考力にも曇りがなく、いざ進まんとする鋭気に高ぶる精神状態にあった。こうなると鮮明なるライプニッツの理性が軽薄なるゴルギアスの修辞を凌駕するがごとく、知性は電気の刺激を浴びたように通常の働きを超えて冴えわたる。息をするだけでも楽しかった。苦痛を感じてあたりまえのところで、快感を覚えるということさえもあった。何を見ても、じっくり見ていたくなった。私は口に葉巻をくわえ、膝に新聞を置いて、広告の文字を読んだり、店内のさまざまな客をながめたり、煙るガラス越しに表通りを見つめたりして、午後からずっと面白がっていた。

表の街路は市内でも有数の大通りである。一日中、大勢の人が出ていたが、夕闇が迫ると混雑の度を増していって、すっかり街灯に火が入った頃には、二つの潮流にまとまった人波が、店の前を引きも切らずに往来していた。いままで私は、夕方のこの刻限に、このような状態になっていたことがなく、人の頭が荒海のように動くのを見るうちに、新味のある感興に浸りきる心地がして、ついには屋内のすべてが念頭を去り、ひたすら外の風景だけに没入していた。

まず私の観察は抽象化一般化に向かった。通行人の総体を見ながら、個が集合する

1　ゴルギアス（前四八三頃—前三七五頃）は、弁論術で名を馳せたギリシャの哲学者。

全として考えていた。しかし、まもなく細かいことに目が行って、人相、風体、表情、足の運びなど、各人各様であるものだと丹念に見るようになった。

道行く人の大半は、おとなしそうな社会人ではないかと思われた。人混みを抜けて進むことしか考えていないようだ。しかつめらしい顔になって、目だけはよく動いて、ほかの歩行者にぶつかられても苛立ったような気配は見せず、衣服の具合を直すだけで、また先を急ぐ。あるいはまた、そわそわした落ち着かない人がいて、これも数の上では相当なものだ。上気した顔になって、さかんに一人でつぶやいたり手を動かしたりしているのだが、これは密集した人混みに紛れていればこそ一人になったような気がするのかもしれない。こういう人は、もし前方をふさがれると、すぐに独り言を引っ込めるが身振りは倍加して、口元には出すぎるほどの笑いが出てしまって、相手が行かないほうへ行こうと様子を見る。もし押されれば、しきりに頭を下げて、大弱りで恐縮してみせる。ただ、この二大集団のどちらにしても、それ以上、特段に異質な点はない。着ているものからして、いみじくも「結構な」と言われるような身分を思わせる。まず間違いのないところで、貴紳、弁護士、大商人、小商人、株の仲買。また貴族がいて平民がいる。暇に暮らしたり、仕事に精を出したり、自前の事業に乗り出したりもする。といったような階層の人々だろうが、たいして私の興味を惹かなかった。

また勤め人という種族もいて、その中には分派した二つの小集団が目についた。威勢のよい企業の若手社員だと、ぴったりした上着に、派手なブーツ、髪にたっぷり油をつけて、生意気な表情が口元に浮く。すっきり整った姿は、ほかに言いようがないので「事務屋らしい」とでも言っておくが、その点を除けば一年か一年半くらい前の流行を引き写しに真似しているだけだろうと思える。紳士階級からのお下がりで装っている――と言えば、この階層の最適な定義になるだろう。

しっかりした会社の上級社員、いわば老舗の古参となっている人々であれば、これも見間違えることはなかった。着心地よさそうに仕立てた黒か茶の上着とズボン、これに白ネクタイとチョッキを合わせて、丈夫な幅広の靴、厚手の靴下――。いくぶんか禿げている頭の横で、長年にわたってペンをはさんでいた右耳に、へんに曲がった癖がついている。帽子をとったり直したりというときは両手を使うものらしい。時計につける金鎖は短めで、太く古風にできている。上品な気取りが身についているようだ。もし気取るなどという行為が上品になれるなら、という話だが――。

また洒落た身なりで颯爽としていながら、どこの都会にもうようよしている掏摸の名人だと見てとれる面々が少なくない。この手の紳士に対して、私はおおいに探究の目を向けたくなったのだが、本物の紳士から見ても紳士に見えてしまうらしいのだから、おかしな話だと思っていた。ああいう大きな袖口の服を着て、むやみに開けっ広げに見せているとは、いかにも怪しいとわかりそうなものだ。

　賭博師も出歩いていたようだが、そうと見破るのは掏摸よりもなお容易である。服装だけは各人各様、たとえば手先の芸で人の目を眩ます性悪なやつが、ビロードのチョッキを着て、華麗なネッカチーフを巻いて、金メッキの鎖をひけらかし、細密な模様のボタンをつけているかと思うと、まったく質素に装って、どこが怪しいのかわからない清廉な聖職者のようなやつもいる。ところが、うさんくさい土気色の顔をして、目には薄雲がかかったようで、ぎゅっと結んだ唇に血の気がないので、その正体が現れる。また、この連中を知る目安としては、さらに二つの特徴がある。用心して声を落とすように話すこと、親指が真横に突き出して伸びること――。そしてまた、こういう抜け目ない手合いとお仲間であろうと見受けられる人間もいた。やや行状は異なるが、どうせ似たり寄ったりの近縁種だ。才覚で生きる紳士とでも言えばよかろうか。二手に分かれて展開し、一般人の上前を撥ねている。つまり洒落者と軍人。その第一隊は長髪と笑顔を、第二隊は飾りボタンの服といかめしい顔を特徴とする。

さらに紳士とは言いがたい方面の話としては、より深くて暗いものが観察の対象になったと言おう。行商のユダヤ人は、へりくだった惨めな顔に、鷹のような目だけを光らせている。人の施しを受ける輩には、浮浪生活が身についた筋金入りの猛者がいて、つい絶望のあまり夜の町へ出てきた新参者を、おっかない顔でにらみつける。あるいは死相の出ている病人であれば、よたよたと人混みを抜けて歩きながら、どこかに最後の慰め、望みが消え残っていないかと、道行く人の顔にすがるような目を向ける。

おとなしい堅気の娘がようやく職場を出る時間になり、楽しいこともない家に帰ろうとすると、よからぬ男どもの下卑た目つきに怒るというより泣きたくなって、こっそり逃げようとするのだが、無理に近づかれても身をかわすことは難しい。いわゆる街の女となると種類も年齢もさまざまだ。どう見ても色気盛りの美人は、ルキアノスの著作に出るギリシャ彫刻のようなもの。パロス島で産する真っ白な大理石の表面に、きたない中身が詰まっているのだろうと思わせる――あるいは業病で崩れた身体を襤褸に包んだ女がいる——宝石で飾り、塗りたくったような厚化粧をしているのは、若く見せようと悪あがきする皺だらけの大年増——いまだ幼い身体つきながら、とうに商売になじんでいる小娘は、恐ろしく器用な嬌態を見せて、姐さん株と張り合う野望に燃えている——。

酔っ払いは、その数知れず、また筆舌に尽くしがたい。ずたずたに衣服が破れ、千鳥足で、舌がもつれて、傷だらけの顔に目の光はない——きたならしいが破れてはいない服を着て、やや覚束ない足取りで傲然と歩き、品のない分厚い唇だが、やけに元気そうな赤ら顔——あるいは元来は上等だったのだろう生地の服に、いまでもブラシだけは掛けている——むやみに活発な歩き方をしているが、顔を見ればおぞましく青ざめていて、目が異常に血走って、人混みを突っ切って歩きながら、近づくものには見境もなく手を震わせてつかみかかる。

そのほかにも、パイ売り、荷物運び、石炭担ぎ、煙突掃除の男がいる。手回しオルガンや、猿の見世物の芸人、歌い手と組んで唄の刷物を売るバラード屋。おんぼろな身なりの職人、くたびれきった労働者は、いかにも多種多様なのだが、総じて非常識に浮かれ騒ぐのが何とも耳障りであって、また見ている目まで痛くなる。

夜の闇が深まると、街の情趣も深まった。群衆の全体像が大きく変わったこともあるが（つまり一般人の割合が減っていく分だけ穏やかな様相が後退し、ありとあらゆる悪徳が夜更けとともに這い出すので、荒っぽい街の表情が浮き彫りになるのだが）さらには薄暮の残光に押され気味だったガス灯が、ようやく本領を発揮して艶めく光沢をまき散らしていた。どこも暗いのだが輝かしい――テルトゥリアヌス[2]の文章が似ているとされた黒檀（こくたん）の色である。

灯火の幻術に搦（から）めとられて、私は一人一人の顔をじっくりと見たくなった。光の世界の人影は窓にちらついて行き過ぎるだけで、どの顔も一瞬見えるだけでしかないのだが、このときの私の精神状態ならば、ほんの一瞬の中に長い歴史を見てとれると思うことが多かった。

私は窓ガラスに額を押しあて、しばらく群衆の観察に没頭していたが、ふと視野に入った顔（年齢は六十五か七十か、老いぼれた男の顔）があった。ほかには絶対にない顔立ちだと思って、私は一気に引きつけられていた。ああいう表情には、わずかに

2 テルトゥリアヌス（一六〇頃―二二〇頃）は、カルタゴ生まれのキリスト教神学者。

近似したものさえ見たことがない。とっさに画家のレッチュ[3]を思いついたことを覚えている。もしレッチュが見ていたら、さんざん自分で描いた悪魔の絵よりも、あの顔をおもしろがったかもしれない。私は初めて見た瞬間に、あれが伝える意味は何なのか、それなりに分析してみようとしていたのだが、いくつもの思いつきが、ばらばらと取り留めもなく心に浮かぶだけだった。大変な知力がある、用心深い、けちくさい、欲深い、冷たい、あくどい、血に飢えている、得意顔、上機嫌、過剰な恐怖心、強度の——極度の絶望感。この顔を見る私は、異常なまでに興味をそそられ、唖然として、夢中になった。「どれだけの激しい歴史が、あの胸中に書き込まれているのだろう」そう思ったら、あの男を見ていたい——もっと知りたい——という渇望が生じた。急いで外套をまとった私は、帽子と杖をつかんで街路へ出て行くと、もう見えなくなった男が行ったはずの方向に群衆を分けて進んだ。やや手間取ったが、うまく男を視界にとらえて接近し、相手には気づかれないように用心しながら間を詰めた。

　こうなると観察はだいぶ楽になる。男は背が低く、痩せこけて、ひどく弱っているようだ。みすぼらしい身なりに見えるが、街灯の光を浴びる範囲にさしかかると、薄汚いとはいえ生地そのものは上等ではないかと思えた。また私の目の錯覚でなければ、しっかりとボタンをかけて、ほぼ全身を包むように着ている中古らしい長い外套には、ある一カ所に破れ目ができていて、ダイヤモンドと短剣の光がのぞいたかに見えた。そんなことがわかれば、なおさら私の好奇心は高まり、この男がどこへ行こうとも追いかけてやることにした。

もう夜の闇が深まった。しっとりした濃霧が全市に落ちかかっていたが、まもなく本降りの雨になった。天候が変わって群衆があたふたと動いた。みな一斉にざわついて、傘だらけの世界になる。揺れて、押し合って、どよめく騒ぎが、それまでの十倍ほどにも増す。だが私自身はさほどに雨を気にしなかった――病み上がりで熱のくすぶる身体を濡らすのは危険な遊びのように楽しかった。ハンカチを口にかぶせて結んだだけで、私は尾行を続けた。老人は大儀そうに歩きながら、かれこれ三十分は大通りを進んだ。私は見失いたくないと思って、すぐ背後まで近づいていたのだが、老人は一度も振り返ることなく、もちろん私を見てはいなかった。そのうちに交差する別

3　フリードリヒ・アウグスト・モリッツ・レッチュ（一七七九―一八五七）は、ドイツの画家。ゲーテの『ファウスト』など文学作品の挿絵で知られた。

の道に折れた。ここにも人の数は多いが大通りほどの雑踏ではない。すると老人の様子が目に見えて変わった。さっきよりも歩調が鈍い――足取りに迷いが出たようだ。また何のつもりやら右に左に道を渡りながら歩いている。この道だって混んでいるのだから、そんな動きのあるたびに私もくっついて折れ曲がるしかなかった。あまり幅はないが、ひどく長い道だ。老人は小一時間も歩き続けて、次第に通行人の数が減り、もしニューヨークにたとえるなら真昼のブロードウェーの公園付近くらいになった。人間の数をくらべれば、アメリカでは最大の都会も、まだまだロンドンには及ばない。

老人がもう一度曲がったので、ある広場に出た。にぎやかに照明がついて、大変な人出がある。ここで老人の態度が元に戻った。深くうつむいて、しかめた顔から上目遣いにきょろきょろ見回し、まわりから寄せる人波をうかがおうとする。この老人がじりじりと頑固一徹に進み出して、ついに広場を一周したところで反転して逆回りに歩いたのだから、これには意表を突かれた。しかも何度か同じ動作を繰り返したのは、なおさら思いもよらないことだった――老人がくるりと向きを変えた拍子に、あやうく見つかりそうにもなった。

こんな反復運動でまた一時間は経過して、通行人に押される心配が大幅に減じた。

雨は一向に降りやまず、夜気が冷えてきて、人々は家に帰ろうとしている。さまよう老人は、いらだったような素振りを見せて、人気の少ない脇道へ逸れたのだが、ここで急に駆けだして四分の一マイルほども行った。私が夢想だにしなかった年齢に不相応な動きであり、追いかけるのに苦労させられた。そして数分後には小店が続く界隈に出ていた。繁華な市場の観を呈している。ここでは老人に土地勘があったようだ。ふたたび元の様相を取り戻した老人は、売り手や買い手がひしめく中を無理に押し通って、わけもなく行ったり来たりしていた。

ここで一時間半かそこら徘徊することになったのだが、老人に見咎められることなく、なお間近に張りついているためには、用心に用心を重ねる必要があった。だが、ゴムの雨靴を重ね履きしていたのが幸いして、私は音もなく歩いていられた。こちらが見ていることを、老人にはまったく悟られていなかった。老人は店から店へと出入りを繰り返して、値段を知ろうともせず、ものも言わず、空虚な目を異様に見開いて、あらゆる品物を見ていた。この行動に私はあきれるばかりで、こうなったら相応に納得するまでは離れてなるものかと思った。

大きな音で十一時を打つ時計があった。いままで集まっていた人が急速に去っていく。ちょうど戸締まりになった商店で押しのけられ、その瞬間、老人に動揺が走ったように見えた。そそくさと街路に出て、不安げに周囲をうかがったかと思うと、老人は信じがたい速力でくねくねと角を曲がって無人の小路を走り抜け、そのうちに出発点だったDホテルの大通りへ出てしまった。だが、すでに街は当初の佇(たたず)まいとは違っていた。ガス灯は依然として明るいが、雨が猛然と降っていて、まず人影は見られない。老人の顔が青ざめた。あれだけ雑踏していた道を、いま老人はとぼとぼと進み出して、それから太い息をつくと川の方向に曲がり、あの道この道と迷走した果てに、ある大きな劇場が見えてきた。芝居がはねる時刻で、どの出口からも観客がぞろぞろ流れてくる。老人は喘(あえ)ぐような息をして、群衆に身を投じた。だが顔に出ていた苦悶の表情は、いくらか静まったように思われた。また深々とうつむいて、私が見た当初の老人の姿に戻った。どうやら老人は観客の大多数が行った方角へ向かうようだったが、それだけはわかったとしても、老人の行動の不規則性をどう考えたらいいのか、いまだに見当がつかなかった。

　進むにつれて周囲の人数はまばらになり、ふたたび老人は不安げに惑う様子を見せた。しばらくの間は十人かそこらの騒々しい連中のあとについて歩いたのだが、これが一人減り二人減り、ついには三人だけになって、さびれた暗い小道に来ていた。ここで老人は立ち止まり、ふと考え込んだあとで、見るからに慌てふためいて急な移動を開始し、いままで踏破した地区とは大違いの町外れに出てしまった。ロンドンでも最下等の胡乱な一帯である。どこを向いても、ただ嘆かわしい貧困と、破れかぶれの犯罪が、くっきりと刻印を押したように見えている。なぜか一つだけある街灯のぼんやりした光に浮かぶのは、あたりに立ち並ぶ木造の共同住宅で、高さはあるが古ぼけて虫に食われたような惨状だ。いまにも倒れそうな建物がでたらめに連続して、どこをどう行ったら通り抜けられるのかもわからない。はびこる雑草に押されて敷石が順列を乱している。詰まった溝に滞留したものが腐敗する。どうにも荒みきった環境だ。それでも、いくらか進むにつれて、人が生きている物音が着実に聞こえてきた。ロンドン社会の底辺に淀んだ大衆が、あちらこちらに揺れ動く。老人の精神は、消える直前のランプのように炎を上げた。ふたたび老人はしなやかに足を運んで、すいすいと歩き出した。そして、ひょいと角を曲がったところで、まばゆい光が目に飛び込んだ。大きな郊外型の破戒寺院の前に来ていたのだ――すなわちジンという悪魔による酒飲みの殿堂である。

もう夜明けも近いのだが、派手な構えの入口には、飲んだくれて出入りする輩が絶えなかった。老人は半ば叫んだように喜びの声をあげ、ぐいぐいと店に入っていって、すぐに当初の姿勢を復活させ、混み合う店内でわけもなく行きつ戻りつ歩いていた。だが、それも長くは続かず、どやどや帰ろうとする客の流れがあって、もう店主が店じまいで客を追い出しにかかったことが知れた。ここまで私が必死になって見失うまいとした不思議な人物の顔に、いま絶望よりもなお強烈なものが浮いた。ところが老人は突き進む。むしろ狂ったような勢いになって、ただちに行路を引き返し、大ロンドンの中心へ戻ろうとした。老人がひた走り、それに私は驚愕しつつ、いまさら放棄するわけにはいかない検証に夢中になって追跡した。

そのうちに日が昇って、人の多い大都会でも繁華をきわめるDホテルの界隈まで来た頃には、この街路が前夜の賑わいにも劣らぬ活況を呈していた。いや増す喧騒の中で、私は不思議な老人をいつまでも執拗（しつよう）に追いかけた。しかし老人は行ったり来たりするばかりで、日がな一日、この雑踏する大通りを出なかった。そして二日目も暮れて夕闇が濃くなるとともに、ついに私は精根尽きて業を煮やし、老人の正面にまわって立ちふさがって、じろりと睨（にら）みつけてやった。それでも老人は私を見ない。ただ儀式めいた歩行を続けるだけである。もう私は追うこともなく、じっと見送って考えた。「あの老人は――」ようやく言葉が出た。「罪悪の典型にして権化。どうあっても一人にならない。群衆そのもの。群衆の人だ。いくら追っても無駄なこと。あの人物、あの行動が、これ以上わかることはない。悪の権化たる心は、『魂の小庭』*なる書物より、なお読みづらくて始末が悪い。だがもともと読みようがないようにできているなら、それも神の憐れみと言うしかなかろう」

* 〔原注〕『魂の小庭――いささかの説教を添えて』（グリュニンガー版）
〔訳注〕『魂の小庭』は、十六世紀初頭に各地で出版された祈禱書。ヨハン・ラインハルト・グリュニンガー（一四五五頃―一五三二頃）は、ストラスブールの印刷業者。

盗まれた手紙

賢(さか)しらであるものは、賢いものにとって、何よりも厭わしい。

――セネカ

パリの一角。もう日が暮れて暗くなっていた。一八——年の秋である。風の騒がしい晩だった。私は友人たるC・オーギュスト・デュパンと二人で、瞑想と海泡石パイプ[1]という二つがそろった贅沢な時を過ごしていた。フォーブール・サンジェルマンのデュノー街三三番地にあって、その四階の奥まったデュパンの書斎、あるいは本の物置とでも言うべき小部屋である。たっぷり一時間は深々とした静寂が保たれていた。これを傍から見るならば、室内の空気をどんよりと曇らせて渦を巻く紫煙のほかに、二人の男が思いめぐらすものはないというような姿だったかもしれない。だが、ともかく私はと言うと、さっきまでデュパンとの話題になっていた事柄を、まだ一人で考えているところだった。すなわちモルグ街の事件、およびマリー・ロジェ殺害にまつわる謎である。するとドアが開いて登場したのが、パリ警察の総監、旧知のG氏だったのだから、なるほど偶然とはあるものだと思われた。

私もデュパンも喜んでG氏の到来を迎えた。この人物には愚にもつかぬことが多々あるが、その半分くらいは愉快な見どころもある。また何年かぶりで顔を合わせたのでもあった。いままで暗い部屋に坐(すわ)っていたので、デュパンは立ってランプを灯そうとしたのだが、来意を告げられるにおよんで、火は入れずに坐り直した。G氏は相談があって来たという。わが友人デュパンの意見を求めようとしていると言ってもよい。公務に関わって、ある難題が生じているとのことだった。

「何にせよ思考を要することならば」灯心を燃やそうとしないデュパンが持論を述べた。「暗がりで探究すると良い結果が出る」

「あいかわらず奇妙なことを言うね」総監は、自身の理解力を超えるものは何でも奇妙だと見なす習性があるので、いつも奇妙なるものの大軍に包囲されて生きている。

「ごもっとも」デュパンは客にもパイプを持たせ、坐り心地の良い椅子を寄せてやった。

「今回はどういう困り事です?」私は言った。「またもや殺人なんてことではないでしょうね」

1 海泡石パイプは、パイプの女王とも称される。海泡石(メシャム)は初め乳白色だが、使い込むほどに琥珀色に変わる。

「いや、いや。そんなものではない。まあ、つまり、きわめて簡単だとも言えるので、もちろん警察がすんなり解決してしまえばよいのだが、デュパンなら知りたがる話ではないかと思ってね。何ともはや奇妙なことがあるものさ」

「簡単で奇妙」デュパンは言った。

「うむ、そうなんだが、そうとばかりも言えない。まあ、つまり、いかにも簡単だというのに、どうにも始末が悪くて、おおいに頭を悩ませているところだ」

「おそらく、いかにも簡単なので、それだから行き詰まってしまうのでしょうな」わが友は言った。

「これはまた、わけのわからんことを！」総監は遠慮のない笑い声で応じた。

「おそらく、その謎とやらが、いささか目立ちすぎているのでしょう」

「おお、びっくり仰天、聞いたこともない考えだ」

「いささか自明にすぎるとでも言うか」

「あははは――あっははは――あっはっは！」おもしろがった客人は腹を抱えて大笑いした。「いやはや、デュパン、どこまで変わってるのかわからんやつだな」

「で、そもそも何の話なのです？」私は言った。

「おお、それなんだが」と言った総監は、ふうっと長く考えたような一息の煙草の煙を吐いて、勧められた椅子にどっかりと腰をおろした。「かいつまんで話をするとして、あらかじめ釘を刺しておくぞ。これは極秘の事案だと思ってくれ。立場上、ほかへ洩らしたということが知れたら困る。職を賭して言うのだからな」

「では、どうぞ」私は言った。

「いやなら結構」デュパンが言った。

「ふむ、よいかな。さる高位の筋から内々に聞かされたのだ。じつは宮廷の内部から重大きわまりない文書が盗み出された。犯人はわかっている。疑う余地はない。盗むところを見られている。その男がまだ文書を所持していることもわかっている」

「どうしてわかるのです?」デュパンは言った。

「明快な推理なのだよ」総監は答えを言う。「まず文書の性質から言えることだ。さらには、もし犯人の手を離れたとしたら当然の結果となるべき事態が生じていない——つまり、文書の利用法として最後には企んでいるはずの行動に出たのなら、すぐに生じるであろう事態に、まだ至っていないということだ」

「もう少しはっきり言ってもらえませんか」私は言った。

「そうさな、言えるところまで言ってしまうとして、その文書を手に入れるということは、つまり、ある力を得るということで、そうなれば、さる方面においては大変な使い道のある威力なのだよ」総監は外交官めいた言辞を弄したがる。

「あまりわかった気がしませんね」デュパンは言った。

「そうか？　では、名前を伏せて第三者と言っておくが、その第三者に文書の内容が明かされると、きわめて身分の高いお方の名誉が問われることになる。すなわち、文書を所持する人物は、さる貴人よりも優位に立って、その名誉と平穏を危機に追い込んだままでいられる」

「しかし、優位に立つと言っても」ここで私が口をはさんだ。「被害者が犯人を知っていることを犯人も知っているという構図がないと成り立ちませんね。わざわざそんなことを――」

「盗んだ犯人は」G総監は言った。「D大臣だよ。人間らしいことも、らしくないことも、平気でやってのける男だ。犯行は大胆なものだが、また巧妙でもあった。それで文書というのは――ま、ずばりと言えば手紙なんだが――被害者となる貴婦人が、ほかに誰もいない宮廷内の一室で受け取った。これを読んでいると、いきなり室内に来たのが、やはり高貴な人物で、とくに手紙を見られては困るという相手だった。引き出しにでも突っ込みたかったところだが、そんな暇もあらばこそで、仕方なしに読みさしのままでテーブルに置いた。しかし、うまい具合に宛名だけが上に出て、さりげなく隠れた文面までは見られずにすんでいた。と思ったら、とんだところに来たのがＤ大臣。この男の目は山猫なみに鋭くて、たちまち手紙に気がつくと、宛名の筆跡には心当たりがあって、また受取人のあわてぶりも見ながら、さては秘事に関わると察しをつけた。さっさと用件を終えたのはいつものことだが、それから似たような一通の手紙を取り出して、広げて読むような格好をつけてから、すでに卓上にあった手紙の横に置いた。それから十五分ばかりも世間一般の話をしていたが、ではこれにて失礼という段になって他人の手紙を失敬している。これを正当な受取人も見ていたが、すぐ隣に例の第三者が立っている現場では、事を荒立てるわけにいかなかった。大臣は自分の手紙を残して立ち去ったが——どうせ何の意味もない紙切れだ」

「そういうことなら」とデュパンが私に言った。「たしかに優位に立つだけの条件が整うね——被害者が犯人を知っていることを犯人も知っている」

「その通り」と返事をしたのは総監である。「これまでの数カ月、その威力が政治的な思惑を帯びて、甚だしく危険な程度にまで行使されている。どうあっても手紙を取り返さねばという被害者の思いは、日に日に募るばかりだ。さりとて公開捜査のできるはずもなく、さんざん悩んだ末に思いあまって、この総監に内密の相談として持ちかけられたということだ」

「なるほど」みごとに渦を巻く煙の中からデュパンが言った。「それ以上に慧眼の捜査官など願ってもないでしょう。想像もつきませんね」

「恐れ入る」総監は言った。「たしかに、そういう意見が聞かれないこともないようだ」

「まあ、おっしゃるとおりで」と私は言った。「手紙は大臣が持っていると考えてよいでしょう。どう使うというのではなく持っていること自体が威力ですからね。使ってしまえば終わりです」

「まさしく」G総監が言った。「そういう見込みで捜査を進めたよ。まず大臣邸を徹底して捜索したくなった。だが大臣に知られてはいけない、というのが厄介だ。こっちの動きを気取られるようなことがあったら一大事、くれぐれもよろしく、と頼まれていたのでね」

「しかし」と私は言った。「そんな捜査ならお手のものでしょうに。パリ警察には、いくらでも実績があるはずだ」

「うん、そう。だから決して諦めはしなかった。大臣の生活習慣にも、おおいに助けられたよ。一晩ずっと家を空けることが多い人なんでね。使用人の数は多いとは言えない。しかも主人の居室からは離れて寝ていて、またナポリ人が主体なので、すぐに酔いつぶれる。知っての通り、警察には合い鍵がそろっている。パリのどの扉も戸棚も開けられるんだ。この三カ月、一日も欠かすことなく、夜になると大臣邸に出張って、長い夜の家捜しをしていた。こっちだって名誉がかかってるんだ。それに、まあ、ここだけの内緒話だが、報酬が破格ときている。だから懸命の捜索を続けたのだが、どうやら盗っ人の知恵のほうが一枚上手だと観念せざるを得なくなった。あの邸内で手紙を隠せそうなところは隅から隅まで調べつくしたと思ってるんだが」

「だったら、たとえば」私は可能性として言ってみた。「いまなお手紙が大臣の手にあるのは間違いないと考えても、自邸の外に隠しているということは?」

「まず、ないだろう」デュパンが言った。「昨今の宮廷は雲行きが怪しいようだし、とくにD大臣も一枚嚙んでいるとやらの陰謀がささやかれる情勢では、その文書を所有することとならんで、すぐにでも用意できるということが――いざとなったら取り出せるということが、ほぼ等しく重要になるだろう」

「すぐにでも取り出せる？」私は言った。

「始末できる、ということさ」

「まさしく」と私も考えた。「つまり明らかに邸内にあるのだね。ふだん大臣が持ち歩いているかというと、それは論外なのだろうな」

「まったく論外」総監が言った。「これまでに大臣は二度までも待ち伏せに遭っている。これは物盗りを装ってのことなんだが、身ぐるみ剝がすような捜索を、この目で見せてもらったよ」

「そんな手間をかけるまでもなかったろうに」デュパンは言った。「どうやらD大臣も、まんざら馬鹿ではないようだ。となれば、待ち伏せられることも当然の成り行きとして予測していたでしょうね」

「まんざら馬鹿ではないとして、詩人なんてところだろう。馬鹿の一歩手前みたいなものじゃないか」

「まさしく」デュパンは海泡石のパイプから、じっくり考えるような煙を上げて言った。「この私だって、下手な詩を書き散らした前科はありますが」

「詳しく聞かせてもらえませんか」私は言った。「どんな捜索をしてきたんです？」

「そりゃあ、たっぷり時間をかけたよ。どこもかしこも隈無(くまな)くさがした。こういうことでは場数を踏んでるんだ。部屋という部屋を一つ残らず。各部屋に一週間かけて夜の捜索をした。まずは家具調度。どの引き出しも見逃していない。言うまでもなかろうが、しかるべき訓練を重ねた警察官の目で見れば、秘密の引き出しなんてものはあり得ないのだよ。家捜しをしておいて秘密の引き出しを見逃すとしたら、それこそ盆暗(ぼんくら)というものだ。なに、簡単なことでね。どんなキャビネットでも一定の容積というものがあって――空間内におさまるはずの分量がある。こちらには精密な定規があるんで、数百分の一インチの誤差だって見逃すものじゃない。それから椅子も調べた。クッションには細くて長い針を刺すんだが、そういうのは以前に見せたことがあったな。テーブルは天板をはずした」

「どうして？」

「テーブルないし類似の家具類は、ものを隠そうとする人間が天板をはずすことがある。脚に空洞を彫り抜いて、隠したいものを突っ込んで、天板を元通りにかぶせるんだ。ベッドの支柱だって、上端、下端に、同様の細工をすることがあるな」

「そんな空洞があったら、たたいて鳴らせばわかりませんか?」私は言った。

「そうはいかない。コットンの詰め物でもして隠したら、音は響くまいよ。しかも今回は物音を立てられない隠密の捜査だったんだ」

「しかし、おっしゃるような隠し方があるのだとして、あらゆる家具類を片っ端から分解しても万全を期したことになるのかどうか。手紙だったら、絞るように丸めれば太めの編み針くらいになりますよ。そういう形にして、たとえば椅子の横棒に突っ込んでもいい。すべての椅子を分解したのではないでしょう?」

「そんなことはしない。もっと上を行った。邸内のすべての椅子の横棒を――およそ家具と名の付くものの継ぎ目を、最高倍率の拡大鏡で調べつくした。いかなる工作の痕跡でも、あれば即座に検知しただろう。錐を揉んだ屑の一粒だって、リンゴ一個のように大きく目立ったろうさ。接着した箇所がずれていたり、継ぎ目におかしな隙間があったりしたら、たちどころに検出したはずなんだ」

「きっと鏡も見たんでしょうね。裏板とガラスの間――。それからベッド、シーツや毛布、カーテンにカーペット」

「あたりまえだ。家具類を徹底調査してから、屋敷そのものを調べた。総面積を細分して、見落としがないように区画ごとの番号をつけた。それから一平方インチずつ見ていった。さらには両隣の二軒にも同じように拡大鏡による精密検査を施している」

「両隣にも！」私は声をあげてしまった。「いやはや、ご苦労されたでしょう」

「そう。報酬が桁外れなのでね」

「で、それぞれの敷地も見たんですか？」

「どこも地面はレンガ敷きで、その分だけは楽になったよ。目地に生えている苔を見たが、乱れた形跡はなかった」

「D大臣の書類、また蔵書なんてのも、見てるんでしょうね？」

「もちろん抜かりはない。紙挟み、封筒なんていう類のものは、すべて開けた。書物だって、ただ開いただけじゃなくて一ページずつめくったぞ。ささっと振って調べたようなつもりになる生易しい警官とは違うんだ。本の表紙の厚みまで綿密細心に計測して、ここでも拡大鏡による執念の捜査をしている。造本に小細工したような跡はなかったな。あれば見逃したはずがない。製本屋から届いたばかりのが五、六冊あったが、そういうのは上から静かに針を刺して探った」

「カーペットの下も調べた？」

「当然だ。カーペットをはずして、床板を拡大鏡で検査した」

「壁紙も？」

「ああ」

「地下室も見た？」

「見た」

「そういうことなら」私は言った。「初めから計算違いじゃありませんか。手紙は大臣邸にあるという見込みが疑わしいのですよ」

「そう言われても仕方ないかもしれんが」総監は言った。「さて、デュパンなら、どうしたらいいと思うね？」

「屋敷を徹底して再捜査でしょう」

「いや、断じて、それには及ばん」と総監は応じた。「屋敷に手紙はない。いま自分が息をして生きていることよりも、そっちのほうが確かだろうよ」

「それよりも上策はないと思うのだが」デュパンは言った。「手紙がどんなものだったのか、正確にわかっているんでしょうね？」

「そりゃ、そうだ！」ここで総監はメモ帳を取り出すと、行方不明だという手紙の文面の様子、また外からの見た目について、とくに外観のほうに重点を置きながら詳しく述べた。ひとしきり述べ立ててから総監は帰っていったが、この憎めない人物がこうまで意気消沈しているのは見たことがなかった。

一カ月ほど後に、ふたたび総監が顔を見せた。私とデュパンの様子は、ほぼ前回と変わらないと見えたはずだ。総監はパイプを受け取り、椅子に坐るように勧められて、ひとしきり世間話をしていた。しばらくして私が言った――

「さて、G総監、盗まれたという手紙の件ですが、ついに大臣を出し抜くなんていうことは無理だと観念されたのではありませんか？」

「まったく、あいつめ――。いや、まあ、デュパンに言われたように、再捜索をしてみたよ。ところが無駄骨だ。そうだろうとは思っていたが」

「報酬はいかほどだとおっしゃいましたっけ？」デュパンが言った。

「そりゃあ、すごいよ――大変なもので――あんまり金額を言いたくはないんだが、一つだけ請け合っておこう。もし手紙を見つけてくれる人がいたら、謝礼として自腹で五万フランの小切手を振り出してもいい。じつを言うと、このところ手紙の重要性が増すばかりなんで、賞金が倍になったんだ。といって、もし三倍になったとしても、これ以上どうしようもなかろうが」

「ああ、そう」デュパンは、パイプの煙を上げる合間に、のんびりした口をきいた。「お言葉ですがねえ、総監――まだまだ全力を尽くしたとは――言えませんなあ。もうちょっと――どうにかなるでしょうに、ねえ」

「どうにかって、どのように」

「いえ、ほら――（ぷかり、ぷかり）たとえば（ぷかり、ぷかり）人に相談してみるとか、ねえ（ぷかり、ぷかり）。ご存じですかな、アバネシー[2]という医者の話があるでしょう?」

「知らん。そんなのはどうでもいい!」

「なるほど。まあ、どうでもよくたっていいんですがね。その昔、さる吝な金持ちが、この医者の知恵を絞りとろうと思いついたのですよ。ただで診察させようという魂胆で、さりげなく余人を交えぬ世間話として、自分が気になる病気を、でっちあげの他人に事寄せて言ってみたのです。

これを思うに——なんていう調子で、けちんぼうが言うのですね。かくかくしかじかの症状ということは、先生ならどんな処方をされたでしょう？

するとと医者の答えは、何を言うか、その前に医者に相談させるに決まっとる——」

「いや、しかし」総監はいささか慌てたようだ。「そんなやつとは違うぞ。ちゃんと相談する気でいるんだ。金も出すと言っている。本件について役に立ってくれる者には、間違いなく五万フランを支払う」

「そういうことなら」と応じたデュパンは、引き出しを開けて小切手帳を取り出した。「おっしゃるような金額で書いていただきましょうか。サインが入ったところで、手紙とお引き換えいたしますよ」

これには私もびっくりだ。総監などは雷に直撃されたような顔だった。ものが言えず、身動きもできず、ぽかんと口を開けて、飛び出しそうな目玉でデュパンを見ていた。ようやく少しは気力を取り戻したらしく、ペンを手にすると、何度か動きが止まり、うつろな目になることもあったが、どうにか五万フランの小切手を書き上げて署

2 ジョン・アバネシー（一七六四—一八三一）は、イギリスの医学者。

名を入れ、テーブルをはさんだデュパンに手渡していた。じっくりと点検したデュパンは、これを財布にしまっておいて、書き物机の鍵を開け、手紙を取り出して総監に持たせた。このお役人はこみ上げる喜びに身悶えしながら手紙をつかんで、震える手で広げた文面に目を走らせると、あたふたと手足をばたつかせるようにドアに向かい、ついに部屋の外へ、家の外へと飛び出して、礼儀も挨拶もあらばこそ、デュパンに小切手を書くよう求められてから一言も発することなく立ち去っていった。

総監がいなくなって、わが友デュパンは謎解きの種を明かした。

「パリ警察だって、ものすごく優秀だと言えば言えるんだ。粘り強くて、才覚があり、狡猾でもあって、警察として大事なことは完璧に心得ている。だから大臣邸の捜索の話を聞かされて、そっち方面での抜かりはあるまいと確信した——警察なりに手は尽くしたんだろう」

「警察なりに？」

「そう。ああいう路線としては最善の方策だったろうし、念には念を入れて完遂したのでもある。もし手紙が捜査の範囲内に置かれていたなら、探索の目を逃れることはできなかったはずだ」

私は笑うしかなかったが――デュパンを見ると、真顔で言っているようだった。

「ああいう捜索としては」デュパンの話が続いた。「たしかに上等なものであって、手際もよかった。だが欠点があるとすれば、この事件と人物には適用外だったことだね。総監の場合、何かしら高度な技法が使えるとなると、いわば寝台に合わせて人の脚を伸ばしたり切ったりするようなもので、目標を技法に当てはめようとする。それでは失敗を免れない。当面の案件には、深すぎるか浅すぎるか、どっちにしても適当ではないんだ。小学生のほうが、よほどに理屈の通った考え方をするよ。僕が知ってる八歳くらいの子は、偶数と奇数の当てっこゲームの強豪として、おおいに名を馳せた。おはじきの玉を使った単純な遊びでね。一人がいくつかの玉を手に持って、それが偶数か奇数かと相手に問う。正解なら玉を一個もらって、間違ったら一個とられる。この子は校内の玉を独り占めにしてしまった。ある推理の方法があったのは当然だが、それだって敵はどれだけ知恵が回るかと見極めるだけのことだ。たとえば、よほどに素朴なやつが相手だったとしよう。そいつが握った手をかざして、偶数か奇数かと聞く。これに奇数と答えて負けたとしても、ちゃんと次の番で取り返す。――こいつの素朴な頭で考えて、最初は偶数で勝ったから、次は奇数に切り替えるという知恵しか出ないだろう、だから今度も奇数と言えばいい——という考えで勝てるんだ。それよりも少しは知恵の回るやつが相手なら、こんなことを考える——。まず奇数と言われた敵は、さっきのやつと同じように、とっさに奇数への切り替えを思いつくだろうが、あまりにも単純だと考え直して、また偶数にするだろう。だから偶数と言えばよい、という推理を働かせて、この子が勝つ。学校では運のいいやつだと思われただけらしいが、こんな論法は——突き詰めて言えば何だろうね」

「それだったら」私は言った。「敵の知性に基づく思考法、と言うしかない」

「そうだな——。で、その子に聞いてみたんだ。うまく勝てるように徹底して敵の立場から考える方法を、どうやって編み出したのか。そうしたら、こんなことを言った。相手がどれくらい利口なのか馬鹿なのか、素直なのかひねくれてるのか、そのとき何を考えてるのか知りたいと思ったら、そいつの顔の表情に合わせて、できるだけ正確に自分の顔で真似しようとする。それで表情に応じた考えというか気分というか、そういうのが自分の心にじんわりと浮かぶのを待ってみる——。いやはや子供の答えとはいいながら、過去の知恵者を思わせるじゃないか。ロシュフーコー、ラ・ブリュイエール、マキャベリ、カンパネラが言ったことになっている薄っぺらな深慮と、根底では同じだろう」

「では敵の知性から考えるとして」私は言った。「もし僕の理解でよいとしたら、まず敵の水準を正しく見定めることが条件になる」

「さもないと成果は上がらない」デュパンが答えた。「総監および麾下の面々が失敗ばかりしているのは、まず相手の立場という発想がないからで、また敵の知性を見極められない、あるいは見極めようとしないからだ。自分たちが巧妙だと考えることしか頭になくて、捜し物をするのに自分ならどう隠したかという方法にしか気を回さない。まあ、それも良しとしよう——つまり警察の知恵が、世間一般の知恵をきっちり代表するとして、その範囲ではうまくいく、ということだ。しかし悪人が特別製で、警察とは異なった奸智の持ち主であれば、当然、警察は出し抜かれる。悪知恵が警察を上回れば確実にそうなる。下回っても、たいていはそうなる。捜査そのものは原則として変わらないからね。ひどく緊急の場合に——破格の報酬に釣られた場合でも——やむなく捜査を拡大ないし強化するのが関の山で、ふだんの方法論と変わることなく原則はそのままだ。今回のD大臣の事件だって、行動の原則を変えるようなことがあったかい？　さんざん突きまわして、ひっくり返して、拡大鏡とやらで丹念に調べつくし、総面積を一平方インチずつ見ていったなんて言っていたが――そんなものは、ただ長いというだけの勤務歴から総監の身についた人間の知力に関する一つ覚えの観念による捜査法を、大げさに適用しただけではないのかな？　およそ手紙を隠そうとするなら、どんな人間でもこう隠す、というように決めつけたのだとは思わないか？　椅子の脚に錐で穴をあけるなんていうことを文字通りにはしないまでも、錐で穴をあけて手紙を隠すような思考の延長上に、どこか変わった隠し場所があるのだと前提したのだね。そんな凝りに凝った場所に隠すなんて、ありきたりな事件にふさわしく、ありきたりな知性の人間が使いたがる手だ。およそ何をどう隠すとしても――あまりに凝った隠し方をするならば――初めから底が割れたようなものなのさ。これが見つかるとしても、捜索する側の眼力によるのではなく、ていねいに根気よく頑張ったというだけのことだ。もし重大事件であるとしたら――また警察の観点では同じことになるのだろうが、もし賞金が巨額であるとしたら――ていねいに根気よく頑張ることはわかりきっている。ここまで言えばもうよかろう。もし盗まれた手紙が総監の探索した範囲内にあったなら――つまり、手紙を隠した原理原則が、総監の原理原則による想定内に収まっていたのなら――とうに発見されていたに違いない。ところが現実には総監はわけがわからなくなっていた。その敗北の遠因となったものを言うなら、大臣は詩人として名高い、したがって大臣は馬鹿である、と考えたことだ。総監の感覚では、すべての馬鹿は詩人なのさ。だが、すなわち詩人はすべて馬鹿であると考えたら、論法としては出来そこないとしか言えないね」

「あの大臣、詩人なんだっけ？」私は言った。「たしか二人兄弟で、どっちも文筆で名を成しているが、大臣が学識を披露したのは微分学だったはずだ。数学者だよ。詩人なんかじゃない」

「それは違う。あの男のことはよく知ってるんだ。どっちも兼ねている。詩人でも数学者でもあるということで論理が働くんだろう。数学だけだったら論理が進まなくて、総監に手もなくひねられていただろうと思う」

「これは意外なことを言うね。従来の通念とは正反対のように聞こえる。何百年も前から世人の心になじんだ考えが、すっかり形無しじゃないか。数学の論理こそが至上の論理であるというのが、ずっと常識だったろうに」

するとデュパンは、シャンフォール[3]の言葉を引きながら答えた。「およそ思考という慣習といい、世に広まったのであれば、愚かしいから広まったと言ってよかろう。

たしかに数学者は、君が言うような俗説の宣伝に努めてきたからね。しかし、どれだけ真実として広まろうと所詮は俗説にすぎない。そういう一例として挙げれば、数学者はもっと善用すればよさそうな技術力を発揮して、いつのまにか分析という語を代数学に応用してしまった。これはフランス人がでっち上げたという例なんだが、およそ言葉が意味を得るとして——応用されて意味を増すことがあるとして——分析なんていう用語がどれだけ代数に関わる意味を伝えるのか、たとえばラテン語の票集めと英語の野心、また同じように帰依と宗教、高位の人々と高潔な人々というようなもので、元の語感のまま使われることはなかろうね」

「どうやら喧嘩になりそうだ」私は言った。「パリの数学者を敵に回すかもしれないが、ともかく聞かせてくれ」

「僕はね、純粋な抽象論理だけを例外として、そのほか何らかの形式にこだわって思考された推論は、まず有効ではなく、したがって価値もないとして否定する。とくに数学から出た論考には反対だ。あれは形式と数量の科学だからね。この二つを観察して理屈を当てようとするだけのことだ。単なる計算の答えをもって、抽象ないし一般の真理と見なすのが大間違い。こんな言語道断の間違いが、これだけ世にはばかっていると思うと啞然とするよ。数学の公理が、そのまま一般の真理ではないのさ。等式や不等式で正しいことは――形式と数量から言えることは――往々にして、けしからん嘘になる。たとえば道徳において然り。倫理学では、部分の総和が全体に等しくなるなんてことは、きわめて稀だ。化学においても、そんな公理は働かない。人間の行動を考えても公理は妥当しない。もし二つの動機があって、それぞれに価値を有するとしても、だからといって二つ合わせれば足し算で答えが出るとは言えないだろう。つまり数学の真理は数式の範囲内だけで正しいのであって、そうとわかる例はいくらでもある。ところが、その限定つきの真実を何にでも適用可能な絶対の真実であるかのように論じてしまうのが、数学者の通弊になっている。それをまた世間が信じ込むのだからね。ブライアント[4]が神話学の著書で博識を見せて、似たような誤りが生じる事例を述べている。異教の伝説など、ふだんは誰も信じない。だが、つい自分を見失うことはあるもので、ただの伝説を現実の条件であるかのように考えるというのだね。

3　シャンフォール（一七四一―九四）は、フランスの詩人にして劇作家、警句家。
4　ジェイコブ・ブライアント（一七一五―一八〇四）は、イギリスの神話研究家。

では数学者はどうだろう。これは元来が異教徒みたいなものだから、すっかり伝説を信じてしまっていて、そこから出てくる考え方がおかしいのは、ただの思い違いというよりは、もともと頭脳が腐乱してわけがわからないせいだろうな。まあ早い話が、数学者であって、なお方程式の外へ連れ出しても安心な人には——あるいは x^2+px は絶対無条件に q に等しいなどということを秘密の教義のように振りまわさない人には、いまだお目にかかったためしがない。もし機会があったら、実験として言ってみるがいい。x^2+px が q にならない場合もあるのではないか、などと言って、その発言の趣旨をわからせたら、すみやかに数学者の手の届かない距離に逃げることだ。紳士がいきなり殴りかかってくるだろうからね」

この最後の見解に、ただ私は笑うしかなくて、さらにデュパンの話が続いた。「つまり、もし大臣が数学者にすぎないのだったら、総監が小切手を出すような事態にはならなかったということさ。だが僕は大臣が数学者でもあり詩人でもあると知っていて、それが今回のような状況に置かれたという設定で対処した。また僕の知る大臣は、宮廷人であり、大胆な策謀家でもある。そういう人物が、ありきたりな政界の動きに無知であるはずがない。待ち伏せで襲われることだって予期していただろうし——以後の経緯を見ればそうだったとわかる。隠密裡に家宅捜索が行なわれることも察していただろう。夜な夜な家を空けたというので総監は好都合と喜んだが、僕には策略としか思えなかった。わざと徹底して調べるように仕向けて、総監が思い込むことになった結論――すなわち手紙は屋敷にはないという結論を急がせたんだろう。それから、もう一つ。いま長々と説明をして、捜しものをする警察の行動原理には融通がきかないという考えを述べたが、きっと大臣が考えたとしても同じような筋道をたどるのではないかと思ったんだ。そうであれば普通の隠し場所なんて、初めから眼中にあるまい。したたかな大臣のことだ、厳しい捜査は覚悟の上だろうよ。邸内の奥まった隅々にいたるまで、あたりまえのクロゼットも同然に警察の目にさらされ、錐だの拡大鏡だのという詮索を受ける。となれば結局、大臣としては単純な手を打つだろう。作戦上の結果ではなくとも、成り行きとしてそうならざるを得ないはず。ほら、総監がここへ来た初回に、あまりにも自明なので、かえって謎めいて行き詰まるのかもしれないと言ってやったら、むやみに大笑いされたっけね」

「そうだった」私は言った。「ひどく愉快がっていたな。引きつけでも起こしたのかと思った」

「この物質界には」デュパンがまた話しだした。「精神界の現象にきわめて近い類例がいくらでも存在する。したがって比喩表現なるものは、ただの文飾ではなくて、論点を補強する役にも立つという修辞上の所説が、それ相応に真実の色を帯びている。たとえば慣性の法則だって、形而下、形而上、どちらでも妥当ではないかな。前者にあっては、大きな物体は小さな物体よりも動かすのが大変だが、ひとたび動きだせば困難に見合うくらいの勢いが出る。後者であれば、大きな知性の働きは劣等な知性よりも力強く、安定して、さまざまな事をなすだろうが、初動は鈍く、じっくり構えて、遠慮にとらわれるだろう。また別の一例として、商店の入口に掲げた看板で、街を行く人に最も目立つのはどんなものだろうか？」

「さあて、考えたこともないが」

「パズルの遊びにもなっている。地図を使うゲームで、一方の側が地図上の単語を出題する――町の名前、川の名前、国なり帝国なりの名称、つまり何でもいいから、ごちゃごちゃした図に載っている地名を、相手方に見つけさせる。たいていの初心者は敵を攪乱（かくらん）するつもりで極小の文字で書かれた地名を問いたがるが、慣れた者は大きな文字で地図の端から端におよぶような名前を選ぶ。これは街路に大きな文字で出ている看板の類と同じで、あんまり露骨すぎて見逃されるんだ。そのように現実の視力に生じることが、知力の働きとして見逃す現象ともぴったり重なり合う。あからさまに突き出ているようなものが、心の目には留まらないのだね。そんなことが総監の理解を上回るにせよ下回るにせよ、わかっていないことだけは確からしい。手紙が誰の目にも見えるように、人の鼻先にぶら下げるように置かれたかもしれないということを、総監はわずかな可能性としても考えなかった。それこそが人の目を避ける最善の策だったというのにね。

さて、相手は大胆不敵かつ繊細緻密なD大臣。しかも、手紙をうまく利用するとしたら、いつでも手元に置くのでなければならない。それでいて総監が証拠立ててくれたように、警察が行なうような捜査では見つからない領域に隠されている。そんなことを考えているほどに、ますます見えてきたと思ったよ。手紙を隠したい大臣は、まさに機略縦横、まったく隠さないという妙手に出たんだ。

というような想定を頭に入れて、僕は緑色の眼鏡をかけ、ある晴れた朝に、たまたま近くまで来たという体(てい)で大臣邸を訪ねた。在宅していたD大臣は、あくびをして、のんびり、ぼんやり、いつものように暇を持てあましているようだったが、そんなアンニュイの極みは上辺だけのことさ。いま世の中で誰よりも活力旺盛なのが、この人物なのだよ。そうなっているのは人目がない場合に限るんだが――

まあ、どっちも化かし合いということで、僕はどうも目の具合が悪くて眼鏡をはずせないと愚痴をこぼしてから、屋敷の主人の話を傾聴するように見せつつ、色つきの眼鏡の奥では抜かりなく室内の様子をうかがっていた。

まず気がかりなのは、大臣が坐る位置に間近い大きな書き物机だった。散らかった机の上には、雑多な手紙や書類、また楽器や書籍が、雑然と置かれていた。だが、とくと眺めてから、たいして怪しいものはないと判断した。

そのうちに、部屋を見まわしていた僕の目が、訪客用の名刺入れを見た。透かし模様の金細工に見せかけた厚紙製だ。きたならしい青いリボンを真鍮の出っ張りに掛けて、炉棚にぶら下げていた。その中には仕切りがあって三つか四つに分かれているようだ。五、六枚の名刺が差し込まれ、一通だけ手紙もある。ひどく汚れてくしゃくしゃに折り目のついた手紙だった。真ん中で半分に切れかかっている。不用として破り捨てようとした瞬間に、ふと気が変わった、思いとどまった、というところか――。大きな黒の封印にD大臣のモノグラムが麗々しく浮いていたが、ちまちました女文字の宛名書きは、D大臣その人の名前である。この手紙が、何気なく、無造作きわまりなく、上側の仕切りに突っ込まれていた。

これを見たとたんに、まさしく捜し物だと思った。もちろん、総監から詳しく聞かされていた手紙の外見とは似ても似つかない。なにしろ大きな黒い封印にD大臣の頭文字が出ている。話に聞いたのは小さな赤い封印にS公爵家の紋章だった。また大臣への宛名は細かい女文字。これに対して本物は、さる王族に宛てて、太い字がぐいぐいと書かれていたはず。一致していると思えたのは手紙の大きさだけだった。しかし、ここまで大違いだと、いくら何でも違いすぎる。まるで泥をなすりつけたように汚れて、ほとんど破れかかっているというのは、計算ずくで事を運ぶ大臣の本性とは矛盾がある。いかにも反故同然に見せかけたい策略がぷんぷん匂う。そもそも目に付きやすい位置に、これ見よがしに下がっていることを考えても、予測していた結論そのものではなかろうか。ここまで来れば、疑念を抱いて訪れた者にとって、その疑念を強力に裏付けると言ってよい。

僕はできるだけ面談を長引かせた。大臣なら食いついてくるだろう話題を選んで、熱っぽく語り合いながら、その実、手紙をじっくりと検分していた。この段階では、名刺入れに差し込まれている様子を覚えておこうとする観察だった。また見ているうちに、ある発見に到達し、これなら少々の疑義が出たとしても懸念材料にはなるまいと思えた。手紙の折り目をよく見ると、不自然に傷んでいるようだ。こういう擦り切れかかった印象は、ぴんと張った紙を折りたたんで、篦(へら)で押しつけてから、その折り目の線で逆に折った場合と似ていた。これだけ見れば充分だ。いわば手袋を裏返しにするようなもので、折りたたんだ紙を折り返して、あらためて封印を押しつけたということが明白になっていた。もう長居は無用だ。僕は挨拶をして大臣邸を辞したが、金製の嗅ぎ煙草ケースを卓上に置き忘れることにした。

翌朝、忘れ物を口実に、大臣邸を再訪したよ。前日からの続きとして、おおいに語り合った。ところが話し込んでいた最中に、すぐ窓の下からピストルの銃声みたいな大きな音がしたんだ。おっかない喚き声が何度か上がって、群衆の叫びも聞こえた。D大臣はすっ飛んでいって窓を開け、外の様子を見た。この隙に、僕は名刺入れに近づき、手紙を抜いてポケットに入れると、そっくりの（見かけだけは似ている）贋物(にせもの)を差しておいた。ちゃんと作って持っていったのさ。大臣のモノグラムだって、よく出来たものだった。パンを練って封印に見せかけるくらい雑作もないことだ。

街路での騒動は、マスケット銃を持った男の乱行だった。女子供が群れている道で発砲したのだが、じつは空砲だったことがわかって、どうせ頭がおかしいか酔っ払いかどっちかだ、放っておけばよい、ということになった。この男が去ってから大臣は窓辺を離れた。すでに僕も目当てのものをいただいてから、するりと窓に寄りついていた。あとはもう折を見ながら挨拶をして退散したよ。狂態を演じたのは僕が金で雇った男だ」

「しかし——」私は言った。「わざわざ手紙の模造品を替え玉にした意図は何だったのかな。まず訪ねていった日に、堂々と押収して持ち帰れば、手っ取り早かったのではないか？」

「いや、D大臣は、いざとなったら何をしでかすかわからない。なかなか図太いやつだ。あの屋敷には子飼いの手下どもが詰めているしね。うっかり喧嘩を仕掛けたら、生きて帰れなかったかもしれない。僕の消息はふっつりと絶えて、パリのどこにも聞かれなくなったのではないかな。だが、そういう計算のほかにも、思うところはあったんだ。僕にも政治の信念というものがあってね。この件にあっては、手紙を盗まれた貴婦人の側に立っている。この一年半ほど大臣の勢力に押さえ込まれていた人に味方して、いまや形勢を逆転させたんだ。もう大臣は手紙を持っていないのに、そうとは知らず、持っているつもりで無理を通そうとするだろう。たちまち政治家としては命取りになって転落するしかなかろうさ。しかも一気にというよりは、みっともなく落ちていく。地獄に降りるのは容易い、なんていう古詩もあったが、しかし全般に上下の運動としては、カタラーニ女史が歌唱法について述べたように、簡単なのは上昇であって下降ではない。今回の事件で、僕は落ちる者への同情を――少なくとも憐れと思う心は――いささかも持っていない。あの男こそ、げに恐ろしき怪物、いくらでも才能があって無定見なやつだ。しかしまあ、これから総監の言うさるお方に反撃されて、すり替えられた贋物の手紙を開かざるを得なくなったら、あいつがどんな心地になることやら、ぜひ知りたいものだと思っていることは白状するよ」

「ほう？　とくに書いてやったことでもあるのかい？」

「いや、まあ――広げたら白紙だったというのもどうかと思ってね。そんなことをしたら失礼ではないかと――。Dという男には、いつぞやウィーンで、手ひどい目に遭わされたことがある。まだ忘れたわけじゃありませんよと冗談めかして言っておいた。まんまと一杯食わされた大臣が、その敵は誰なのかと知りたくもなろうから、まったく手がかりを残さないのは気の毒だ。あいつなら僕の筆跡はわかるはずと思って、紙の真ん中に、ある引用を書きつけておいた。

――かくも凶悪なる謀（はかりごと）
アトレにはともかく、ティエストには似つかわしい

クレビヨンが[5]書いた復讐劇に出てくる文句だよ」

5 クレビヨン（一六七四―一七六二）は、フランスの悲劇詩人。復讐劇のタイトルは『アトレとティエスト』で二人の兄弟の名前。ティエストの奸策が発端となって、この兄弟に凄惨な争いが起こる。

黄金虫（こがねむし）

おやおや、何だ！　こいつめ、踊り狂ってる！
毒グモに咬（か）まれたに違いない

——『みんなおかしい』[1]

　もう何年も前に、私はウィリアム・レグランドなる人物と親交を結んだことがある。ユグノー教徒[2]の旧家の出で、かつては裕福な人だったが、不運が重なり貧乏暮らしを余儀なくされた。こうまで落ちぶれた姿を人目に晒(さら)すには忍びないということで、この男は父祖の地であるニューオーリンズを離れ、サウスカロライナ州チャールストン付近のサリヴァン島に居を定めた。

　じつに変わった島である。ほとんど海の砂だけの島が、細長く三マイルほど延びている。どこで横断しても四分の一マイルとはあるまい。本土との間は、あるかなきかの水流で隔てられるにすぎず、葦(あし)が生えるだけの砂泥をじわじわと流れる川には、水鳥が好んでやって来る。お察しかもしれないが、たいした植物は見られない。せいぜい矮小なものである。大木と言えるほどの樹木はない。島の西端に寄ってムールトリー要塞があり、また粗末な木造家屋が点在して、夏の間だけ、暑くて埃(ほこり)っぽいチャールストンの町を逃れて島で暮らす人がいる。そのあたりには葉の尖(とが)ったパルメット椰子の木もあるだろう。しかし、この島は、西端のほかに海側の白い硬質な砂浜を例外として、いたるところにマートルという低い木が密生している。イギリスでは園芸家がありがたがる花木である。ただし低いと言っても、この島のマートルは十五から二十フィートに達することもあり、見通しのきかない林になって、みっしりした香気を漂わせている。

マートルの林を奥へ奥へと分け入って、島の東端、つまり、なおさら辺鄙（へんぴ）な終点が近づいたあたりに、レグランドは自分用の小屋を建てて、私が偶然知り合った頃には、そうやって暮らしていた。この出会いは、まもなく友情へと熟した。こんなところで隠棲する男に、私はおおいに興味を抱き、なかなかの人物だとも思ったのだ。教養があって、まれに見る知力を兼ね備えている。しかし人嫌いの癖もついていた。上機嫌で熱っぽくなるかと思うと、ふさぎ込んで暗くなる気分屋だ。また蔵書家でもあった

1　アイルランドの劇作家アーサー・マーフィー（一七二七―一八〇五）の戯曲だが、実際には引用ではなくポーの創作と考えられる。またポーがマーフィーの別作品と混同したという見方もある。

2　ユグノー教徒は、フランスにおけるカルヴァン派新教徒の通称。

が、本を読んでどうこうすることはない。ふだんの趣味としたのは、狩猟、釣り、また海岸や林をうろついて貝や昆虫の標本を集めることだった。とくに昆虫のコレクションは、専門の学者が羨むほどだったかもしれない。採集に出歩く際には、たいていジュピターという名前の老いた黒人が同行していた。レグランド家が盛んな時代には奴隷だったが、とうに解放された身分だというのに、老人は「ウィルの旦那」が行く先々へお供することを自分の権利のように心得て、脅してもすかしても権利を手放そうとしなかった。ひょっとすると、レグランドは鋭利だが不安定だと考えた親族が、ふらふら出歩く若旦那のお守り役として、このジュピターを一徹者に仕立てたのでもあろうか。

サリヴァン島の緯度であれば、冬の寒さも厳しくはない。まだ秋なのに火が欲しくなるとしたら異例のことである。だが一八――年の十月半ば、めずらしく冷え込んだ日があった。私が常緑の林をかき分けるように進んで、数週間ぶりに友人の小屋へ向かったのは、日が沈む直前のことだった。当時の私はチャールストンの市内に住んでいて、島との距離は九マイルだが、現在のような往来の便利があるはずはなかった。ようやく小屋にたどり着いて、いつものように戸をたたいたのだが、返事がないので、隠し場所を教わっていた鍵をさがしてから、解錠して中へ入った。しっかりした火が暖炉に燃えていた。こんなのは初めてだと思ったが、もちろん結構なことである。私は外套（がいとう）を脱ぐと、ぱちぱち燃える薪に寄って、肘掛け椅子に腰を下ろし、この家の住人が帰るのを待った。

とっぷりと暮れて間もなく、帰ってきた二人が熱烈に歓迎してくれた。ジュピターはにっこりと満面に笑みを浮かべ、大張り切りで夕食にする水鳥をさばいた。レグランドは発作の症状が出たように――としか言いようがなく――上機嫌になっていた。新種と言ってよさそうな二枚貝を見つけて、さらにまたジュピターの手も借りて捕獲したコガネムシがあった。古代エジプトの意匠にありそうな虫だが、まったくの新発見に違いないということで、これについては朝になったら私の意見も聞かせてくれという。

「今夜ではだめなのか？」私は火にかざした手をすり合わせながら、そんなものは絶滅したってかまうものかと思っていた。

「まあ、きみが来ているとは知らなかったんでね」レグランドは言った。「しばらく会わなかったじゃないか。よりによって今夜に来るとは思いもしなかった。さっき帰り道で要塞のG中尉に会ったんだが、いかにも間の抜けたことに、あの虫を貸してしまった。だから朝にならないと見せられない。今夜は泊まってくれ。夜が明けたらジュピターを使いに走らせる。あれほど美しいものは、この世にないからな！」

「美しい？――夜明けか？」

「ばか言え！　まさか！　あの虫のことだ。きらめく黄金色をしている――大きなヒッコリーの実くらいの寸法で――背中の上端に寄って真っ黒い斑点が二つある。下端にはやや扁平な形で一つ。触角は長いもの――」

「まがい、い、いものじゃねえです」ジュピターが口を出した。「さっきから言ってるのに、旦那――ありゃ混じりっ気なしの金無垢ですよ。そうじゃねえのは翅だけだ。あんな重たい虫なんていやしない。あの半分の重さの虫にだって、手ぇ出したことはねえ」

「いや、そうだとしてもだ」レグランドの言い方は、こんな話には似合わないと思われるほどに、どこか真剣味を帯びていた。「だからといって鳥を焼き焦がしていいことにはならんぞ。――あの色を見れば」レグランドは私に顔を向けた。「たしかにジュピターの説にだって信憑性がなくもない。あんなに輝かしい金属性の光沢を、虫の鱗片が放つものだろうか――。いや、それについては、あした実物を見てもらうしかない。とりあえず、おおよその形だけ教えよう」と言ったレグランドは、小さなテーブルの前に坐ったが、卓上にペンとインクはあるが紙がない。引き出しを見たが、ないものはない。

「だったら、これで――」レグランドは言った。「間に合わせればいい」チョッキのポケットから引っ張り出した紙切れは、だいぶ汚れた用箋かと思われた。これにペン画として略図を描いている。その間、まだ私は寒がって火のそばを離れなかった。できあがった図を、レグランドは坐ったままで私に受け取らせようとした。私が手を出したところで、大きな唸り声がして、戸口を引っ掻くような音も聞こえた。ジュピターが戸を開けると、レグランドが飼っている大きなニューファウンドランド種の犬が駆け込んで、私の肩の高さまで飛びつき、さかんにじゃれついた。これまでに何度も来ている私が、遊んでくれる人間だとわかっているのだ。ひとしきり荒っぽい歓待を受けてから、私は紙に目を落としたのだが、正直なところ、わが友の作品には戸惑わざるを得なかった。

「うむ!」しばらく眺めてから私は言った。「なるほど奇妙なコガネムシだ。初めてだね。こんなのは見たこともないと白状するよ。まあ、強いて言えば、頭蓋骨というか、髑髏（どくろ）というか――この目で観察したことがあるものとしては、そのあたりに似ている」

「髑髏だと！」レグランドが反復した。「ああ、そう――紙に描くとそんなようにも見える、ということかな。二つの黒い斑点が目のようだし、下側の平たい一点は口になるか。全体に楕円形ということもある」

「そうかもしれないが、どうも画才に不安があるようだな。この虫の特徴について何らかの見解を述べるとしたら、実物を見てからにしよう」

「ほう、おかしいな」彼はいくらか機嫌を損ねたようだった。「そんなに下手じゃないはずだぞ。見くびられちゃ困るね。いい先生に習ってるんだ――それほど馬鹿にしたものじゃないつもりだぜ」

「しかしなあ、だとしたら冗談で描いたということか。たしかに頭蓋骨としては全然悪くない――いや、じつに立派なものではないかな。世間によくある人体標本の概念としては、そんなものだ。これに似ているのだとしたら、そのコガネムシは世界にまたとない珍種に違いない。というような見当で話をふくらませたら、おどろおどろしい奇談になるかもしれない。人頭虫とでも称するか。そういう名前なら博物学にもありそうだな。オオドクロコガネムシとか何とか。だが、それにしても触角とやらがないじゃないか」

「あるさ！」レグランドは、むやみに熱くなって、この話にのめり込むようだった。「はっきり見えるだろうに。本物そっくりなんだぞ。ここまで描けばわかりそうなものだ」

「あ、いやいや、そうなんだろうけれども——僕の目にはさっぱり」私は無用の刺激を避けるべく、これ以上の発言は控えて、紙切れをレグランドに返したのだが、どうしてこういう展開になったのか不思議でならなかった。あまりにも機嫌が悪いのだ。それに虫の絵にしても、どう見たって触角があるとは思えない。全体の形は、ありきたりな髑髏の図柄に酷似していた。

おもしろくなさそうに受け取った彼は、すぐに紙を丸めて火に投ずるかと見えたのだが、ふと視線が絵に落ちたらしい瞬間に、その目が釘付けになっていた。いきなり顔の色が真っ赤になったかと思うと、たちまち極端に青ざめる。それから数分間は、坐ったままの姿勢で、虫の図を仔細(しさい)にながめていた。ようやく立ち上がると、今度は卓上の蠟燭を持って、部屋の奥まった隅へ行き、船乗りが使うような収納箱に腰をおろした。ここでまた、気がかりなことでもあるように、紙の持ち方を変えながら、あらゆる角度から見直していた。しかし、まったく口をきかない。いかにも挙動不審であきれたものだが、ただでさえ気難しくなっているところに、うっかりしたことを言ってなおさら怒らせたりはしないのが賢明だ。ほどなく彼は上着のポケットから財布を出すと、ていねいに紙を入れて、この財布ごと書き物机にしまい込み、鍵をかけた。ここまで来ると、だいぶ落ち着きが出たようだったが、当初に見せた浮き立った気分は影をひそめていた。とはいえ、これは機嫌が悪いというよりは、心がどこかへ飛んでいたらしい。夜の時間がたつにつれて、ますます夢想に浸りきったようで、私が何か言って突っついたとしても、まず呼び覚ますことはできそうになかった。もともと私は一晩泊めてもらうつもりで、これまでに何度もそうしたことはあったのだが、小屋の主人がこの状態では、今夜は帰るのがよいと思った。レグランドもまた引き止めようとはしなかったものの、私を見送ろうとした握手には、いつも以上の情熱が込められていた。

それから一カ月後（その間、私はレグランドとは会っていなかったが）チャールストンの私の家に、あの忠義な老僕ジュピターがやってきた。めずらしく落ち込んだような顔をしているので、さては友人の身の上に良からぬことでもあったのかと思った。

「おや、ジュピター、どうしたんだ？　レグランドは元気か？」

「いやあ、それがその、あんまり元気とも言えねえような按配で」

「そりゃいかんな。元気じゃないとすると、どんな症状が出てる？」

「ええ、そこなんですよ。どこが痛(いて)えとも言いなさらんのに、えらく病気みてえになっちまって」

「えらく病気！　どうしてそれを先に言わないんだ。寝たきりなのか？」

「いやあ、何のきりっちゅうこともねえんだけど、そこんとこが厄介で、なんだか心配でなんねえ」

「おい、ジュピター、どうもお前の言うことは、わかるようでいてわからない。レグランドが病気なのは確かだとして、どこが悪いとは聞いてないんだな？」

「そんな、旦那、いきり立っても始まらねえです――。ウィルの旦那は、どこがどうとも言わねえんだけども、どういうわけだか、こうやって頭下げて、肩上げて、幽霊みてえに白い顔になって、ほっつき歩いてるのがわからねえ。それに、いつも記号やってる――」

「何をやってる？」

「記号ですよ。石板にごちゃごちゃした図を描いて——あんな妙ちくりんな図は見たこともねえ。おっかねえような気がしてきた。うちの旦那がすることにゃ、よっぽど目ぇ光らせてねえとだめだ。こないだなんか、夜の明けねえうちから、こっそり出てって、いちんち帰ってこやしねえ。おれは太え棒を手元に置いて、もし旦那が帰ってきたら、かまあねえから打ったたいちまおうと思ってたんだが、やっぱりだめだ、いざとなったら意気地がねえ——なんせ旦那がくたくたに弱ってたんで」

「え、なに？　ああ、そうか——まあ、あんまり手厳しくしないでやってくれよ。ぶん殴ったりするんじゃない。あいつが無事にすむとは思えないからな。だが、ともかく、そんな病気、というか様子が違ってきたことの原因に、まるで心当たりがないってのかい？　このあいだ会ってから、何かしら好ましくないことでも？」

「いやあ、あれから何にもありゃしねえんで——。どっちかってえと、あれより前じゃねえかと。ほら、旦那がうちへ来なすった日の昼間ですよ」

「ほう、どういうことだ？」

「だから、あの虫ですってば」

「あの何？」

「虫――。きっと頭かどっか咬まれたに違えねえ。ウィルの旦那は金の虫にやられたんで」

「というような推測をする根拠はあるのか？」

「そりゃ、旦那、やつには爪があります。口もある。とんでもねえ虫だ。見たこともねえ。近づくもんには、相手かまわず、蹴っ飛ばしたり咬みついたりしやがる。あれを最初につかまえたのはウィルの旦那だったが、あっと思って手を放してましたよ。あんとき咬まれたに違えねえ。おれなんか見ただけで、いけすかねえ口をしてやがると思ったから、手でつかんだりしねえ。そこらにあった紙切れでつまんで、うまいこと包んでから、紙の端っこを虫の口ん中へ突っ込んでやった。ものにはやり方がありまさあね」

「じゃあ、ほんとに旦那は虫に咬まれて、それで病にかかったと、そう思ってるんだな？」

「思ってるなんてもんじゃねえ。わかってるんです。金の虫に咬まれたんじゃなかったら、あんなに金の夢ばっかり見やしねえでしょう。そういう虫がいるってな話は、どっかで聞いたことがある」

「でも、金の夢を見てるなんてなぜわかるんだ？」

「なぜわかる？　そりゃ、旦那が寝言に言いなさるからだよ。あれならわかりますって」

「そうか、だったらそうなんだろう。ところで、本日わざわざのお越しと相成ったのは、いかなる幸運によると思えばよろしいのかな？」

「へ、何なんです？」

「レグランドの旦那から、言付けでもあるんじゃないのか？」

「いえ、そうじゃなくて、書いたもんを持たされてるんで」とジュピターが私によこした手紙は、以下のようなものだった。

拝啓、——君

なぜかご無沙汰することになってしまった。まさか僕がいささか無礼であったというので憤慨したのではあるまいね。いや、そういう君ではなかろう。

一別以来、おおいに気になることができてしまった。君に話を聞いてもらいたいのだが、どのように言うべきか、そもそも言うべきなのかどうか迷っている。

このところ何日か、あまり具合がよくない。ジュピターが気を遣ってくれるのはよいが、どうにも鬱陶しくてかなわない。信じがたいと思うだろうが——このあいだは大きな棍棒を持って待ちかまえていた。僕がこっそり抜け出して、本土の山の中を、終日、一人で歩きまわったものだから、懲らしめなくてはいかんと思ったらしい。僕が病み衰えたような顔つきで帰ったから、かろうじて殴られずにすんだようだ。

あれから標本棚には何一つ増えたものがない。

どうだろう。ぜひ都合をつけて、ジュピターと同道してくれまいか。どうか頼む。今夜にも会いたい。大事な用があると思ってくれ。きわめて重大だと言わせてもらおう。

敬具

ウィリアム・レグランド

この文面には、ただならぬ気配を感じさせるものがあった。全体としてレグランドが書くような手紙ではない。何の夢を見ているというのだろう。あの熱中しやすい頭脳に、どういう新奇な思いつきが取りついたのか。よりによってレグランドに「きわめて重大」というほどの用務があるのだろうか。ジュピターの話を聞くかぎりでは、いやな予感がする。さては不運な境遇が続いたあまりに、いよいよ精神に変調を来したのかという危惧を覚えた。というわけで、もはや一瞬の迷いもなく、私は老黒人と出かけることにした。

船着き場まで行くと、乗ろうとする舟の中に、大きな鎌が一挺と、シャベルが三本、どうやら新品らしき様子で寝かされていた。

「どういうことだ、ジュピター」と私は言った。

「鎌ですよ、旦那、あとはシャベル」

「そりゃそうだが、どうしてこんなところに？」

「ウィルの旦那の言いつけなんで。いいから町へ行ったついでに買ってこいってんだから仕方ねえが、えらく高え買い物になった」

「しかしまあ、鎌とシャベルとは、ウィルの旦那も何を考えてるんだか、はて面妖な、としか言えんだろう」

「おれにゃ、さっぱりわかんねえよ。あの旦那だって、わけわかんなくなってるに違えねえ。すっかり虫にやられちまった」

ジュピターはすべて「虫のせい」として解釈するようなので、これ以上は何を聞いても無駄だと思って、私は舟に乗り込み、帆を上げた。しっかりした順風のおかげで、ほどなく島の入り江に達していた。ムールトリー要塞の北側である。それから二マイルほど歩いて、レグランドの小屋に着いた。これが午後三時のことで、レグランドはいまかいまかと待っていたらしい。ぎゅっと手をつかまれて驚いたが、その握力に張りつめたような感触があったので、いやな予感は当たったのかと思った。青ざめた顔は幽霊のようだ。落ち窪んだ目の光が尋常ではない。身体の具合はどうなのかと言ってみたが、ほかに適当な言葉もなくなったので、例のコガネムシはG中尉から返してもらったのかと聞いた。

「ああ、そうとも」レグランドは急激に顔色を変えた。「あの翌朝には取り返した。あれだけは何があろうと手放したくない。たしかにジュピターの言うとおりじゃないか?」

「というのは何のことだ?」私の内心に不安の影が差した。

「あの虫が本物の金だってことさ」これを大真面目に言うのだから、私の受けた衝撃はいかばかりだったろう。

「あれは開運の虫になるんだ」彼に輝かしい笑みが浮いた。「おかげで家産を取り戻せる。そういう虫を大事にするのは当たり前だろう。せっかく幸運が舞い込んでくれることになったんだから、それ相応に利用させてもらうだけで、あの黄金の虫が指し示す黄金にたどり着く。ジュピター、あれを持ってきてくれ」

「ひえっ！　あの虫はいけねえ。ご勘弁願えますよ――自分で取ってくださいな」という返事を聞いて、レグランドは重々しく立ち上がり、ガラスの標本箱に収めていた虫を持って来た。みごとな黄金の虫である。この当時、いまだ博物学者にも未知であり、もちろん学問上の見地からしての価値は大きかった。背中の一端に寄せて丸い黒点が二つ、ずっと下に細長い黒点が一つ。鱗片に覆われた表面は非常に硬くて光沢があり、なめらかな黄金によく似ている。ずっしりした重量感という特徴もある。それやこれやを考えれば、ジュピターが黄金の虫だと言いたがるのも、あながち無理ではないと思えたのだが、レグランドまでが同様の見解を持ち出したらしいのだから、さっぱりわからなくなった。

「きみに来てもらったのは――」しばらく私に虫を見せておいて、もう充分という頃合いに、彼は荘重な声音を響かせた。「きみの知恵と力を借りた上で、運命と虫についての考察を前進させるべく――」

「ちょっと待った」私は声を上げて、彼の話を止めていた。「どこか具合が悪いんだろう。用心に越したことはないぞ。もう寝たらいい。よくなるまで、しばらく泊まり込んでやるからな。どうやら熱に浮かされて――」

「では脈を見てくれ」

それで脈を取ったのだが、正直なところ、熱病らしき兆候は全然なかった。

「しかし病気であって熱はないということもある。今度ばかりは僕が処方することに従ってもらおう。ともかく寝るんだ。その次は――」

「誤診だぞ」レグランドが言った。「たしかに興奮しているが、そのかぎりでは健康そのものだ。よかれと思うのなら、この興奮の鎮静を図ってくれ」

「で、どうすればいい?」

「なに、簡単だ。これからジュピターを連れて本土の山に分け入ろうと思っている。この調査に手が足りないんだが、信用のできる人間でなければだめだ。つまり、きみしかいない。それでもって事の成否がどうあれ、いま見てのとおりの興奮状態は収まるだろう」

「そりゃ手伝ってやりたい気持ちはあるが、山の調査に行くというのは、この奇っ怪千万な虫と関わりでもあるのかい？」

「ある」

「おいおい、レグランド、そういう突拍子もない企てには付き合っていられないね」

「これはしたり。おおいに残念だ。こうなったらジュピターと二人だけで行くしかない」

「二人で行く！　どうかしてるぞ！　いや、あわてるなって——ええと、いつまで行ってるつもりなんだ？」

「一晩がかりになる。すぐに出発して、何がどうあれ夜明け前には帰る」

「じゃあ、約束するか？　へんな思いつきを実行して、虫の用事（いやはや！）を終えて気が済んだら、さっさと帰ってきて、おとなしく医者の言うことをきくと誓えるんだな？」

「ああ、約束する。そういうことなら、さっそく出かけよう。ぐずぐずしている暇はない」

気は重かったが、ともかく私も同行することにした。小屋を出たのは四時頃だ。レグランド、ジュピター、犬、および私である。鎌とシャベルはジュピターが持っていた。全部まとめて運ばせてくれと言ったのだが、忠勤に励んでいるというよりは、この主人に持たせたら危ない道具だと思っていたようだ。むくれ返って無愛想の極みとなったジュピターは、道中ろくに口もきかず、「しょうもねえ虫め」と、ぼそぼそ言っただけだった。私の役目はランタンを二つ運ぶことだ。レグランドは黄金虫さえ持っていればよいらしい。丈夫な縒り糸の先に虫をつけて、奇術のような手つきでゆらゆら揺すっていた。これを見た私は、いよいよ友人の精神が異常になった証拠かと、つい涙ぐむほどになったのだが、しかし当面は、あるいは何かしら見込みのありそうな積極策がとれるまでは、この男の妄想に調子を合わせているに如くはなしと思った。それとなく調査とやらの目的を聞き出そうとはしたのだが、まったく埒が明かない。ともかく私を仲間に入れたからには、もう細かい話はするまでもないと思っているようで、私が何を聞いても「いまにわかる」の一点張りだった。

島の突端から小舟を出して、本土側への水流を渡り、岸辺から急に高くなる地面を上がって、とんでもなく殺伐とした荒地を北西の方向へ進んだが、どこにも人の足跡はなさそうだ。レグランドは先に立ってずんずん歩いた。たまに立ち止まることはあったが、以前に来て残しておいた目印らしきものを見ようと、わずかに足を止めたのでしかない。

そうやって二時間ほども歩き続け、ちょうど日没の時間になって、およそ見たこともない索漠とした場所に出た。台地というべき形状であろう。もう少し上がれば山頂なのだが、そこまで登れそうにはない。全山が鬱蒼とした森であって、また随所に巨岩が姿を見せているけれども、岩は地面に載っているだけのようで、まわりの木が歯止めになってくれなければ、いまにも谷底まで転落しかねないものが多い。さまざまな方向に走る渓谷が、荒々しい山の風景に、なおさら凄味をつけていた。

私たちがたどり着いた天然の舞台のような土地は、棘のある藪だらけになっていて、たしかに大鎌でもなければ道を切り拓くことはできないと思われた。そこでジュピターの出番となって、主人に言われるまま、高々とそびえるユリの木の根元まで行けるように道をつけた。この土地にはオークの大木が十本ばかりも立っていたのだが、このユリの木は群を抜く高さがあり、美しく葉を茂らす樹形といい、大きく張り出した枝ぶりといい、全体の威容といい、このあたりの木はもちろん、それまでに私が見たどんな木をも寄せつけない存在だった。この木の下へ来ると、レグランドはジュピターの顔を見て、登れると思うかと尋ねた。すると老人は少々たじろいだようで、すぐには返事をしなかった。それから巨木の幹に近づいて、ゆっくり一回りして歩き、丹念に調べていたが、じっくりと検分してから言ってのけた。

「ええ、旦那、このジュピターが木を見たら登れねえってことはねえです」

「そうか、じゃあ登れ。早くしろよ。もうすぐ暗くなって、せっかく来たのに見えなくなる」

「どこまで上がりゃええんで？」

「とりあえず幹を上がっていけ。そのあとは指示を出す。それから——あ、待て、この虫を持っていくんだ」

「虫って、旦那——黄金の虫ですかい！」ジュピターは思わず腰が引けていた。「何でまた、そんなの持って上がるんです？　とんでもねえ話だ！」

「おい、ジュピター、でかい図体してるくせに、何にもしない小さな死んだ虫がおっかなくて持てないというんなら、この糸を持ってればよかろう。それでも持っていけないわけがあるんだったら、もう仕方ない、その頭をシャベルでたたき割ってやる」

「ちょっと、旦那、どうしちゃったんです？」こうまで言われたら、ジュピターもこわがってばかりはいられない。「もう、おれなんか相手に、すぐ向きになるんだから。

ほんの冗談ですってば。どうってことありゃしませんよ、虫が何だてんです」ジュピターは糸の先端をそうっとつまむと、この状況としてはできるだけ身体から離すように持って、いざ登ろうと身構えた。

ユリの木は、またチューリップツリーとも呼ばれて、学名ではリリオデンドロン・トゥリピフェラ。アメリカの森林にあって最も壮麗な樹木である。若木のうちは木肌がなめらかであることを特徴として、横に枝を張らないまま相当の高さにまで伸びていくことが多い。だが樹齢を重ねるにつれて、樹皮が節くれだって粗くなり、また短い枝を何本も張り出すようになる。したがって今回の場合、木に登ること自体は、見た目の印象ほどには難しくなかったろう。ジュピターは腕と膝を広げて、太い円筒形の大木にしがみつき、表面の突起を手でつかみ、また裸足の指先の踏み場として、一度か二度は危うく落ちそうになりながらも、ついに二股に分かれる箇所に到達した。ここまで来れば任務は果たしたも同然だと思ったようである。六十から七十フィートの高さにいるとはいえ、いま現在、危なくはないだろう。

「どっちへ行ったらいいですかね、旦那」

「太いほうへ行け——こっち側だ」と言われたジュピターは、ただちに指示を実行し、たいした苦労もなさそうにするする登っていって、ずんぐりした身体がたっぷり繁る枝葉に包み込まれて見えなくなった。ほどなくジュピターの声だけが、掛け声のように落ちてきた。

「どこまで行ったらええかねえ?」

「どこまで行ってるんだ?」

「えらく高え。もう木のてっぺんに空が見える」

「空なんかどうでもいい。おい、よく聞けよ。下を見て、さっきのところから枝が何本出てるか数えろ。何本通りすぎた?」

「いち、に、さん、しぃ、ごぉ――でけえ枝を五本越してる」

「じゃあ、あと一本行け」

しばらくして、また声が聞こえた。七本目に来たと言っている。

「ようし、ジュピター」レグランドが勢い込んだのは傍目(はため)にも明らかだった。「じゃあ、その枝を伝って、できるだけ前に出ろ。もし何かあったら、すぐ知らせるんだぞ」

ここに至って、もはや私には疑う余地がなくなった。この友人にわずかでも正気が残っているのではないかと思っていたのだが、すっかり狂気に取りつかれたと判断するしかない。うまく連れて帰れるだろうかと心配でならなかった。どうしたらよいかと思案していたら、またジュピターの声がした。

「おっかねえですよ、あんまり出ていけねえ――この枝、だいぶ朽ちてやがる」

「何だと、ジュピター、朽ちてる？」レグランドの声が震えた。

「そうなんで。だめだ、こりゃ――いかれてますよ――死んじゃってる」

「さあて、どうするか、困ったもんだな」レグランドは苦渋の色を浮かべた。

「だったら――」私はこれ幸いと口をはさんだ。「もう帰って寝たらいい。さ、行こう。悪いことは言わん。すぐに暗くなる時間だぞ。それに約束したじゃないか」

「ジュピター、聞こえるか？」私の言うことは一顧だにされない。

「ええ、ようく聞こえてます」

「その枝の具合を調べてくれ。ナイフを持ってるだろう。ひどく腐ってるか、よく見るんだ」

「こいつぁ、いけねえ、腐ってる」やや間があって答えが返った。「でも、ひでえかってえと、そうでもねえ。おれだけなら少しは出られるんじゃねえかな」

「おれだけ？　何を言ってるんだ？」

「虫ですよ。こいつが重たい。これを落としちゃえば、おれ一人くらい乗っても平気だ」

「ふざけるな」レグランドの緊張がほどけたようだ。「くだらんことを言ってる場合じゃない。その虫を落としたりしたら、おまえの首をへし折ってやるから、そう思え。いいか、ジュピター——聞いてるのか？」

「へえ、旦那、どやしつけるまでもねえですよ」

「そうか、じゃあ聞け。おまえが落ちないくらいに出ていって、もちろん虫を落とすこともなければ、あとで下りてから褒美に一ドル銀貨をやる」

「いま出かかってますよ、ウィルの旦那ぁ——もう出てます」という返事が即座に聞こえた。「ほとんど先っぽまで来ちまった」

「ほとんど先っぽ！」レグランドの声は絶叫に近かった。「その枝の先端まで行ったのか？」

「ええ、もうすぐ——うわ、何だこりゃあ、何だってこんなところに」

「そうか！」レグランドは大喜びで声を上げた。「何がある？」

「こりゃ髑髏ですよ。てめえの頭を木の上に忘れてったやつがいる。鴉に突っつかれて骨だけになっちめえやがった」

「よし、頭蓋骨なんだな！　いいぞ！　どうやって枝にくっついてる？　固定するものがあるだろう？」

「ええ、そうなんですが、いま見ますんでね——あれ、どうなってんだろ、おかしな話だ、太え釘をぶっ通して枝に打ちつけてる」

「ようし、ジュピター、ちゃんと言うとおりにしろよ——聞こえてるか？」

「ええ、聞こえてまさあ」

「じゃあ、ようく見るんだ——いいか、骸骨の左目だ」

「うむ、はは一ん、目なんかなくなってるから骸骨だ」

「馬鹿か、おまえは！　まったく、自分の右手と左手の区別はつくんだろうな？」

「そのくれえ、わかりますって。おれが薪を割るほうが左手だ」

「そうか、おまえは左利きだった。その手と同じ側にあるのが左目だぞ。だったら骸骨の左目もわかるだろう。元は左目で、いまは穴だけになってる目だ。わかるな？」

しばらく時間がかかって、ようやくジュピターが聞き返した。

「あのう、骸骨の左目ってのは、やっぱり左手とおんなじ側にあるのかねえ？　こいつは頭だけで手がねえもんだから——あ、いや、かまわねえ、でえじょぶだ。左目、ありますよ——どうしますかねえ、この左目」

「その目を通して虫をおろすんだ。糸が続くかぎり——ただし、うっかり糸を放したりするんじゃないぞ」

「できましたよ、旦那。どうってことはねえ。すーっと通りました。下がってってるでしょ」

こんなことを言い合っている間に、ジュピターの姿はまったく見えていなかったが、ジュピターが垂らす糸の先には虫が見えてきて、夕日の最後の光を浴び、磨き上げた黄金の玉のように輝いた。暮れなずむ日の光が、まだ台地にほんのりと射している。もう黄金虫は枝葉に触れることもなさそうで、もし落ちてきたら、私たちの足元に着地するのではないかと思われた。レグランドは急いで大鎌を手にすると、この虫の真下に直径三ヤードか四ヤードの丸い空き地を切り開いた。その作業を終えてから、もう糸を放して、木から下りてこい、とジュピターに言った。

虫が落ちた箇所に、きっちりと気が済むように目印の釘を打ち込んでおいて、レグランドはポケットから巻尺を取り出した。その一端を釘からの最短距離で木の幹に固定し、これを起点に巻尺を伸ばして釘に届かせ、そのまま一直線に五十フィート延長させていった。ジュピターが茨(いばら)に大鎌を振るって道をつけている。こうして定まった一点にも釘の目印がつけられ、この第二地点を中心に直径四フィートほどの円が大雑把に描かれた。レグランドはシャベルを手にとり、ジュピターと私にも一本ずつ持たせて、とにかく大急ぎで掘ってくれと言った。

私の本音としては、こんなことを面白がる趣味はなかったと言わせてもらおう。いわんや、あの場では願い下げにしたかった。そろそろ夜になる時間でもあり、ここへ来るだけでも大変な運動になっていた。しかし逃げ出す方法があるとも思えず、また断った場合には友人の不安定な精神をなおさら乱すのではないかという心配もあった。もしジュピターを味方にできるのであれば、力ずくでも帰宅させようとしただろう。だが老黒人の気質は充分にわかっていたので、いかなる場合であっても、この主人に逆らって無理強いすることに加勢をするとは思えなかった。そして、その主人はというと、南部にはどこにでもある埋蔵金の迷信に感染したと見て間違いなかった。黄金虫を見つけたことで、夢物語に根拠ができたつもりになったのだろう。あるいはジュピターが「金無垢の虫」と言い立てたことに煽(あお)られたのかもしれない。妄想に走りやすくなっている精神には——それまでの思い込みに合致するようなことを言われたらなおのこと——つい常軌を逸する契機にもなるのだろう。そう言えば、たしかレグランドは、開運の虫が黄金を「指し示す」と語っていた。というようなことを考えて、結局、私はもどかしいだけでやりきれない思いをしたのだが、もう仕方ない、付き合ってやるしかないと割り切った。もし頑張って穴を掘れば、それだけ早く片が付くだろう。幻想を見ている男に現実を見せつけて、いかなる錯誤に落ちていたのか目を覚まさせてやればよい。

ランタンに灯を入れると、ほかに使い道があるだろうにと思えるほどの情熱を傾けて、穴掘り作業に取りかかった。灯火の光を身体や道具に浴びながら、さぞかし奇怪な三人組の映像になっているだろうと私は思った。この現場にひょっこり来合わせる人がいたら、どれだけ胡乱(うろん)な行為が働かれていると見ただろうか。

それから二時間、着々と掘り下げていった。ほとんど口をきかない。だが犬が吠えるのには、ほとほと困らされた。いま進行することがおもしろくてたまらないらしい。あまり騒がしいので、たまさか付近をうろつく者にでも聞かれたら面倒だったろうが、それを心配したのはレグランドで、私などは、いっそ何かの邪魔が入ってくれたほうが、出歩きたがる友人を家に帰らせる好機として喜んだことだろう。ついに犬を黙らせたのはジュピターである。かくなる上はやむを得ぬという顔をして、掘っている穴から出ていくと、ズボン吊りを片方はずして犬の口を縛り上げ、ふふっと笑って仕事に戻った。

そんな二時間があって、穴の深さは五フィートに達していた。しかし財宝らしきものが出そうな気配すらない。はたと手が止まって静かになった。これで茶番も終わりだろうと私は思った。ところがレグランドは、こんなはずではないという心境だろうに、なお思案ありげに額の汗をぬぐい、仕事を再開した。すでに直径四フィートの穴ができていたが、この周囲をいくらか広げ、さらに追加で二フィートは掘り下げている。それでも何も出てこない。黄金を掘り当てようという友人が、つくづく気の毒になった。この男は顔に落胆の色をありありと浮かべて、ようやく穴から這い出し、あきらめきれないような手つきで、作業開始時に脱ぎ捨てた上着をはおろうとした。その間、私は何も言わなかった。ジュピターは主人の指図で道具を拾い集めていった。それが終わって、犬の口を元通りにしてやり、打ち沈んだ一行が帰路につこうとした。

そうやって十数歩は進んだかもしれない。レグランドが怒鳴りつけるような声を上げてつかつかとジュピターに迫っていくと、その首根っこを押さえつけた。たまげた黒人は目も口も限界まで開いて、持っていたシャベルを取り落とし、ぺたんと膝を突いた。

「おい、こら」レグランドは食いしばった歯の間から一音ずつ軋ませるように言った。「この馬鹿たれ――はっきり言え――ごまかすんじゃないぞ、さっさと答えろ――おまえの左目はどっちなんだ」

「うへえ、旦那！　あの、左目てなあ、こっちじゃねえですかい？」こわがったジュピターが悲鳴を上げ、さっと手を当てたのは自分の右目であって、いまにも抉られるのではないかと怯えたように、必死に手をおろすまいとしていた。

「そんなことだろうと思った――やっぱりそうか――こいつめ！」レグランドはしきりに憤慨して、黒人を放してやってから、一人で訓練中の馬のように跳ねまわるので、膝を突いていたジュピターがびっくりして立ち上がり、そんな主人から私へ、また主人へと視線を往復させていた。

「よし、もう一度」主人は言った。「まだ終わってない」ふたたび先頭に立ってユリの木に向かう。

「ジュピター」と木の下で言った。「ここへ来い。枝に釘付けされていた頭蓋骨は、顔を外に向けていたか、それとも木の幹を向いていたか？」

「ありゃあ外でした。だから鴉だって苦もなく目を突っついた」

「そうか、それで虫を下ろしたのは、こっちの目か、どっちの目だ」ここでレグランドはジュピターの目に一つずつ指先を当てた。

「こっちです——左の目——旦那に言われたとおり」と言ってジュピターが指さしたのは右目である。

「なるほどな——じゃあ、やり直しだ」

こうなるとレグランドのすることにも、たしかに乱心のようでいて何らかの方法論があるのではないかと私にも見えてきた。あるいは見えてきたような気がした。さっき虫が落ちた地点につけた目印の釘を、西へ三インチほど移動させている。そして前回同様、釘と直近になる木の幹の位置を起点として、巻尺を釘まで延ばし、さらに五十フィートの延長をして新たに定まった地点は、私たちが掘っていた場所から数ヤードは離れていた。

この地点で、いくらか大きめの円形を範囲として設定し、ふたたび穴掘り作業にかかった。すでに私は疲労困憊(こんぱい)していたのだが、なぜ考えが変わったのか自分でもよくわからないままに、この労役を忌避したいとは思わなくなっていた。不思議に興味が湧いて――いや、興奮して――いたのである。おそらく、こんな奇行に走っているレグランドに、どことなく先を見通したような、じっくり考えたような様子も見えて、それで感じるものがあったのだろう。私も夢中で掘っていた。目の色を変えたようになって、不幸続きの友人の心を狂わせた財宝の幻影を、私までが追い求めてしまっていた。この頓狂な心情がおおいに強まってきて、そろそろ一時間半も掘ったかという頃に、また犬がけたたましく吠えて仕事の邪魔になった。だが、さきほどは犬はしゃぎで騒いだと思われる犬が、今度はただならぬ壮絶な声を出していた。もう一度ジュピターが口を縛ろうとすると、犬は猛然と抵抗し、穴に飛び込んで、狂ったように土を引っ掻いた。ものの何秒かのうちに、まとまった人骨が出てきた。二体分の骸骨をなしていて、ところどころに金属製のボタンがあり、毛織物らしきものが朽ちた痕跡として残っている。そこで一度、二度とシャベルを振るってみると、大きなスペイン風のナイフの刃が出た。さらに掘ると、金貨銀貨が三つや四つは見つかった。

これを見たジュピターは、うれしくて飛び跳ねそうになっていたが、その主人はというと、これぞ落胆の極みという顔をしながらも、まだ掘ろうと言い張っていて、その言葉を聞いたかどうかというところで、私はつんのめって倒れていた。掘り返している土に半ば埋もれた大きな鉄の輪に、靴の爪先を引っ掛けていたのだった。

　それからは必死で掘った。あれほどに張りつめた十分間というのは私には初めてのことだった。そして土中から姿を見せたのは長方形の木箱である。みごとな保存状態、木材の硬度からして、しかるべく防腐処理がなされていたと思われる。おそらく塩化第二水銀を使ったのだろう。木箱は長さ三フィート半、幅三フィート、深さ二フィート半。帯状の錬鉄を補強材として鋲（びょう）で打ちつけ、箱の全体に格子模様を張ったようになっている。両側面の上部に寄せて三つずつ――つまり左右で六つ――の鉄環があるのだから、これを丈夫な取っ手として六人で持つということだ。私たち三人では、どれだけ力を合わせても、わずかに揺らぐだけだった。とても運び出せるような重さではない。しかし幸運にも、蓋を固定している二カ所の錠は、ただ横棒をずらすだけの仕掛けになっていた。これを引き抜く――どうなるかと思うと身震いして息が荒くなった。そして一瞬のうちに、どれだけの価値になるのかわからない財宝が、目の前に燦然と輝いていたのである。ランタンの光が穴の中へ落ちかかり、ざくざくと詰まっている黄金、宝石が、光を上向きに照り返して、まさに目が眩むとしか言いようがなかった。

茫然と見入っていた私の心境を、いま語り尽くせるとは思わない。もちろん驚愕というべきものが先に立っていたのは確かだ。レグランドは極度の興奮で疲れ果てたようで、ほとんど口をきかなかった。ジュピターはというと、しばらくは顔色を失っていて、黒人の顔が蒼白になるという理屈があり得るなら、まるで死相が出たように青ざめていた。雷に打たれて呆けたようでもある。やがて穴の中で膝を突き、袖をまくった腕を肘まで黄金に埋めて、いい湯加減だとでもいうような贅沢にひたっていた。そして、ついに深々と溜息をつくと、独り言めいた大きな声を張り上げた。

「こうなったのも、みんな黄金の虫のおかげだ！　何とまあ、ええ虫だ！　ありがてえ虫だってのに、おれってやつぁ、こっぴでえ悪口を言っちまって、すまんこった。ええ、おい、こっ恥ずかしくねえのか、おれの馬鹿め」

さて、そうこうして私が口を出さざるを得なくなった。この主人と従僕を、どうやって宝を運ぶかという現実に立ち返らせたのである。もう夜は更けていく。こんなところに放ってはおけない、夜明け前に始末するとしたら、よほどに頑張らないとだめではないか。だが、そうは言っても、すぐに名案が出るわけでもない。さんざん知恵を絞ったのだが、さっぱり考えはまとまらなかった。結局は、中身を三分の二ほど取り出して、それだけ軽くなった箱を、どうにか穴から持ち上げた。出してしまった財宝は藪に隠して、しばらく番犬を置くことにした。また戻ってくるまで、何が何でもこの場を動かず、声を立てるな、とジュピターが犬に厳命を下している。私たち三人は大急ぎで木箱を持ち帰った。ひどく苦労はしたものの無事に帰り着いたのは午前一時だった。へとへとに疲れきっていて、すぐさま次の行動に移るのは人間には無理だった。ひとまず二時まで休憩し、夜食をとってから、うまい具合に小屋にあった丈夫な袋を三枚持って、また山へ急行した。四時前には穴を掘った現場に到着して、なるべく均等に戦利品を三分割し、穴を埋める暇もあらばこそ小屋へと取って返して、この二度目に持ち帰った黄金色の重荷をどさっと下ろすと同時に、木々の梢をかすめて、東の空に夜明けの光が射していた。

もう身体はくたびれ果てていたのだが、あれだけ興奮してしまっては、のんびり休めたものではない。三時間か四時間ほどの落ち着かない仮眠をとったあとで、三人が申し合わせたように起き出して、財宝の点検に取りかかった。

びっしりと隙間なく木箱に詰まっていたほどの分量だ。詳細に調べようとすると一日がかりになって、夜遅くまで時間がかかった。まるで順序も配列もなく、手当たり次第に放り込んであったようだ。それを丹念に仕分けしていって、当初の予想をも上回る莫大な宝を手に入れたことがわかった。コインだけでも四十五万ドルの価値は下らない。これは昔の資料をもとに、できるだけ正確に換算しての数字である。銀貨は一つもなかった。すべて金貨で、古い時代のさまざまな種類がある。フランス、スペイン、ドイツの貨幣に、いくらかイギリスのギニー金貨、および見たこともない型の金貨も混ざっていた。ずいぶん大きく重いコインも何枚かあったが、表面が摩耗していて刻印が読めなくなっていた。アメリカの貨幣は見あたらなかった。コインよりも価値の算定が難しいのは宝石類だった。ダイヤモンドは――いくつか飛び抜けて大粒の逸品があったが――全部で百十個、どの一つも小さくはない。ルビーは十八個で、すばらしい輝度である。エメラルドは美品ぞろいで三百十個。サファイアが二十一個。一つだけオパール。こうした宝石類はすべて台座から外され、石だけになって箱に投げ込まれていた。ほかの金製品に紛れていた台座を拾ってみると、由来を隠そうとするかのようにハンマーで潰してあった。そのほか純金の品物が大量にあって、ずっしりした指輪、イヤリングが二百ほど――豪華な金の鎖が、たしか三十ばかり――大きく重い十字架のキリスト像が八十三――高価な黄金の香炉が五つ――とんでもなく大型のパンチボウルには、葡萄(ぶどう)の葉、およびバッカスの祭りのような群像が装飾として彫り込まれていて、また華麗なる浮彫を施した剣の柄が二点、そして覚えていられないほどの数多い小品。これだけの宝物となると、その重量は三百五十ポンドを超えていた。しかも、この計算には、百九十七個の美麗な金時計を含めていない。そのうち三個は、一つで五百ドルは下るまい。相当数はかなりの年代物で、もはや時計としては役に立たない。程度の差はあれ内部の損壊が進んでいた。しかし、たっぷりと宝飾を施されて、外側だけでも大変な価値がある。というわけで、この夜、私たちは総体として百五十万ドルの財産と見積もった。その後、宝石や小物類を(いくつかは実用のために保存してから)処分するにおよんで、当夜の見積もりでは、いかにも過小評価だったことがわかった。

さて、ようやく点検を終えて、当座の熱狂がいくらか静まってみると、私は不可解きわまる謎の解明に気が急(せ)いてならず、そうと見たレグランドは、おもむろに事の顚(てん)

末を語りだした。

「ほら、あの晩、黄金虫の絵をざっと描いて見せただろう。これじゃあ髑髏のようだと言われて僕が機嫌を悪くしたことも覚えてるだろうね。ふざけた話だと受け取ったんだが、あとになって虫の背中の斑点を思い返すと、あながち根拠がなくもないと考えた。それでも画力を笑われたとあっては腹が立ったぞ――いっぱしの画家で通ってるんだからな――で、まあ、あの羊皮紙を返されて、こんなものは丸めて火に放り込んでやれと思った」

「あの紙切れのことか」

「紙ではない。そのように見えたんで、てっきり紙のつもりになったが、絵を描いてみたらすぐにわかった。ごく薄い羊皮紙だったよ。だいぶ汚れていたっけね。あれを丸めてしまえと思ったら、きみが見ていた絵に、ふと目が留まったんだ。いやはや、びっくりしたの何の、黄金虫を描いたはずのところに、たしかに髑髏の絵があるじゃないか。もう唖然として、とっさに頭が回らなくなった。もちろん、よく見ればいくらでも違いがあるんだが――まあ、輪郭としては、なんだか似通っている。そこで僕は蠟燭を持って、一人だけ離れて坐り、じっくりと羊皮紙を検分することにした。

ひっくり返すと、裏側に僕が描いたとおりの絵があった。まず思ったのは、何とまあよく似た形なんだ、ということ——。こんな偶然があるのかとも思った。つまり、いつのまにか裏側に髑髏の絵が出ていたんだ。ちょうど黄金虫の裏になる位置に髑髏があって、それが輪郭ばかりか、大きさまでも僕の絵にそっくりだった。おかしな偶然の出来事に、しばらくは茫然自失としか言えない状態になっていた。こんな場合には、そうなってもおかしくないさ。人間の心は、ある原因と結果の連関を求めようとして、それが行き詰まると、一時的に麻痺症状のようなものを起こす。しかし、この状態を脱してからは、いまの偶然よりもよほどに驚くべきことがあるではないかと思えてきた。そう、はっきりと、確実に思い出したんだ。僕が黄金虫の絵を描いた羊皮紙には、もともと描かれていたものはない。それだけは断言する自信があった。なにしろ裏表をひっくり返して、なるべく汚れていないところに描こうとしたんだからね。もし髑髏の絵があったら、そうと気づかなかったはずはない。これぞ説明のつかない謎ではないか。だが、僕の頭脳の奥まった隠し部屋のようなところでは、早くもこの段階から、ほんのりと蛍が光るように真相がちらついて、とうとう昨夜の冒険で、かくも華々しく証明されることになった。あの晩、もう僕は立ち上がって、とりあえず羊皮紙を大事にしまっておくと、さらなる考察は一人になれるまで棚上げにした。

きみが帰ったあと、ジュピターがぐっすり寝込んでいた時間に、僕はこの一件を初めから順序立てて考え直した。まず羊皮紙を手に入れた事情はどんなだったか。僕らが黄金虫を見つけたのは、島から一マイルほど東へ寄った本土側の海岸だ。満潮時の水位よりは少し上の地点だった。つまみ上げたら咬まれてしまって、痛かったものだから思わず手を放した。それがジュピターのほうへ行ったんだが、なかなか用心深いところがあるやつで、葉っぱか何か、虫を包めるものがないかと見まわしていた。それでジュピターは、また同時に僕も、一片の羊皮紙を見つけた。そのときは紙だと思ったけどね。砂に埋まって、隅っこだけ突き出ていた。付近にはボートの残骸もあった。おそらく帆船が積載する長艇だったんだろう。ずいぶん昔からあったようで、もはや船舶の用材だった形跡も消えかかっていた。

さて、ともかくジュピターは羊皮紙を砂から出して、虫を包んで、僕に持たせた。しほどなく僕らは帰ろうとしたんだが、その途中でG中尉に会った。虫を見せたら、しばらく貸してくれ、砦(とりで)に持っていきたい、と言う。これに同意してやったら、中尉は包み直すこともなく、ひょいとチョッキのポケットに突っ込んでいた。羊皮紙は中尉が虫を見ている間も、ずっと僕が持っていたんだ。僕の気が変わらないうちに、借りられるものは借りてしまえと思ったんだろうな。博物学に関わることは何でも大好きという男なんでね。いや、僕だって、何の気なしに羊皮紙をポケットに突っ込んでいたに違いない。

黄金虫の絵を描こうとして、たまたま紙がなかったことを覚えているだろう。引き出しにもなかった。それで古い手紙でもないかと思ってポケットをさぐったら、手が羊皮紙にあたった――。と、まあ、入手した経緯を長々と聞かせているんだが、よくぞ見つかってくれたという感慨が、それだけ強かったということさ。

何を夢みたいなことを、と思われるかもしれない。しかし、すでに話のつながりは見えてきた。大きな鎖の輪が二つ結びついたんだ。海岸にボートがあった。ほど近くに羊皮紙があって――ただの紙ではなくて――髑髏の絵が出ていた。どう関わるのかと言われたら、髑髏は海賊の旗印ではないかと答えよう。いざ合戦という場合には、必ず髑髏の旗が掲げられた。

あれは羊皮紙であって、ただの紙ではない、と言っただろう。羊皮紙は長持ちするんだ――半永久的かな。たいして重要でもない事柄は、まず羊皮紙には書かれない。

絵でも文字でも、ありきたりな用事であれば、紙のほうがよほどに便利だ。そう考えると、髑髏の絵には何らかの意味が——妥当性が——あるのかもしれない。また羊皮紙の形だってそうじゃないか。一角に破損は見られるが、これは何かの偶然だろう。もとは長方形に決まっている。いかにも記録文書として使われそうな形だった。ずっと記憶にとどめたい、大事に保存したい、という事項を書きとめたものだろう」

「いや、待てよ」ここで私が口を出した。「黄金虫の図を描いた羊皮紙には、そもそも髑髏なんてなかったんだろうに。だったらボートと髑髏に何の関係があるんだという話になる。その時点で描かれていなかったというのなら（誰のどういう仕業か知らないが）きみの黄金虫のあとから髑髏が描かれたことになる」

「そう、これぞ謎の中心だね。ただ、その点を解き明かすのは、まずまず容易だったよ。しっかりと手順を踏めば、出てくる答えは一つだ。——こう考えたらどうかな。僕が黄金虫を描こうとした羊皮紙に、髑髏らしきものはなかった。黄金虫を描いてから、きみに羊皮紙を見せたが、これを返してもらうまで、きみの様子をじっくりと観察していたのだから、きみが髑髏を描いたはずはなく、ほかに誰がいたわけでもない。そうであれば人の手が描いたものではない。しかし絵はできあがった。

ここまで考えてきた僕は、あの晩の出来事を一つずつ思い出そうとして、実際、一つ残らず明瞭に思い出すことができたんだ。あれは肌寒い日で（まったく稀有な幸運だった！）暖炉に火を入れていた。僕はさんざん歩いてきたあとで、寒いとも思わず、テーブル側に坐っていたが、きみは椅子を火のそばに寄せていただろう。羊皮紙を手渡して、きみが見ようとしたら犬が来て、ウルフのやつめ、きみの肩に飛びついた。きみは左手で犬をあしらいながら、羊皮紙を持った手はだらしなく膝の間へ落ちていて、火にくっつきそうだった。一瞬、炎が接したかと思ったくらいで、それじゃ危ないと言おうとしたんだが、そうと口に出す前に、きみは手を引っ込めて、もう羊皮紙を見ていた。こんな状況を考えたら、もう疑う余地はない。羊皮紙に髑髏が浮き出ていると見えたのは、熱の作用だったんだ。ある種の化合物のことは知っているだろう。大昔からあるんだが、紙にでも皮にでも、書き付けたものが見えなくなって、火にかざさないと出てこない。コバルトの顔料を王水に溶かして、四倍の重さの水で薄めたものを使うこともあるが、それだと緑色が出る。コバルトを精錬する途中で硝石精に溶けば、あとで赤い色が出る。いずれにしても紙なり皮なりが冷えれば、そのうちに消えるんだ。これが熱せられると、また浮いて出る。

僕は髑髏の絵を丹念にながめた。外側の輪郭が——つまり羊皮紙の縁に近いほうの線が——ずっと鮮明に出ていた。ということは熱の作用が不完全ないし不均一だったに違いない。さっそく火を焚いて、羊皮紙のどこもかしこも炎にかざしてみた。初めは、うっすら浮いていた線がくっきり濃くなるだけだったが、根気よく続けるうちに、髑髏の絵とは対角線上の反対側に、別の絵が浮いてきた。山羊だろうかと思ったが、よく見れば子山羊(キッド)だと思って納得した」

「あはは！」私は言った。「いや、ここで笑っては失敬なんだが——もちろん百五十万ドルを笑い話にできるはずはないんだが——まさか第三の輪がつながったなんて言わないだろうね——そういう取り合わせはないだろう——海賊と山羊は関係ない。山羊だったら農業だ」

「いや、浮かんだのが山羊の絵だとは言ってない」

「ああ、子山羊だったか——似たようなものさ」

「ところが似て非なるものだ」レグランドは言った。「キャプテン・キッドという海賊のことは聞いているだろう。子山羊の絵を見たとたんに思いついたよ。これは言葉遊びか、あるいは絵文字による署名なのか。まあ、署名だろう。絵が出た位置からして、そう思った。だったら斜め反対側にある髑髏も、印章か、紋章か、そんなようなものだろうという見当だ。しかし、ほかに何もないのだから拍子抜けだよ。お膳立てができたと思ったのに、中身がない。つまり本文に相当するものが出ないとは、いやはや残念なことだった」

「じゃあ、印章と署名の中間に、手紙があるはずだと考えたのだね」

「そんなようなところだ。正直に言えば、とんでもない財産が転がり込みそうな予感がして、居ても立ってもいられなくなった。なぜだか自分でもよくわからないが、現実よりも願望によって考えてしまったのかもしれない。あの虫は金無垢だなんて馬鹿なことをジュピターに言われて、つい舞い上がったという面もあるけどね。それにまた、あれだけ偶然の連続があるものかな——ああなると只事とは思えない。冷え込んで暖炉に火を入れたくなるという一年に一回しかないような日に、あれもこれもが重なった。その火がなかったら——また、あの瞬間に犬が来て、ふざけた行動をとらなかったら、僕は髑髏の存在を知らぬままで、宝を手に入れることもなかったろう。これを偶然と言わずして何だろうね」

「いいから先を聞かせてくれ——焦れったくてかなわない」

「そうか、まあ、いろいろ聞いたことはあるだろうね。あやふやな噂がいくらでも出回っているだろう。大西洋沿岸のどこやらに海賊キッドの一味が宝を埋めたというんだな。噂とはいえ、それなりに根拠はあったんだろう。ずっと昔から噂が消えなかったということは、埋もれた宝が依然として埋もれたままだったからに違いない。もしキッドが宝を隠しておいて、しばらくしてから掘り出したというのなら、いままで連綿と同じような形で伝わりはしなかったろう。財宝をさがす話はあっても、財宝を見つけた話はないんだ。宝がキッドの手に戻ったら、それで話はおしまいになる。だったら何かしらの手違いでもあって——たとえば隠し場所のメモを紛失したなんていうことがあって——自分でも見つけられなくなったのではないか。そんなことを手下の連中にも知られたんだろう。もともと宝を隠したなんて聞かせていなかった可能性もあるな。さあ、その連中が宝さがしを始めたのはいいが、やみくもに頑張るだけだから見つかったはずもないが、そうこうするうちに噂が洩れて、広まって、いまのような伝説になったのかもしれない。どこかの海岸でお宝が出たなんて話は聞いたことあるかい？」

「ないね」

「ところがキッドは途方もない財宝を貯め込んだことになっている。それで何の話も聞かれないとは、まだ地下に埋まっていると考えて当然だ。こうなればもう意外とは思うまいが、ひょんな具合に見つかった羊皮紙には、ずっと不明になっていた隠し場所の記録が書かれているのではないかという、まあ希望というか確信めいたものを感じたんだ」

「で、それからどうした？」

「火の勢いを強めてから、また羊皮紙をかざしたんだが、どうにもならなかった。泥汚れがついてるからうまくいかないのかと思って、ぬるま湯で慎重に表面を濯いだ。それから髑髏の面を下向きにして鍋に入れ、この鍋を炭火にかけた。数分たって充分に熱くなった頃合いに、羊皮紙を取り出してみたら、もう言葉も出ないような大喜びだよ、文字をならべた列みたいなものが、ぽつりぽつりと出ていたんだ。もう一度鍋に入れて、さらに一分火にかけた。そうしたら全部出てきて、ほら、この通りだ」

レグランドは、あらためて加熱した羊皮紙を、とくと見るように私に持たせた。すると以下のような文字列が、赤っぽい色の下手な筆跡で、髑髏と子山羊の間に浮き出ているのをたどることができた。

53‡‡†305))6*;4826)4‡.)4‡);806*;48†8¶60))85;;]8*;:‡*8†83(88)5*†;46(;88*96*?;8)*
‡(;485);5*†2:*‡(;4956*2(5*—4)8¶8*;4069285);)6†8)4‡‡;1(‡9;48081;8:8‡1;48†85;4)485
†528806*81(‡9;48;(88;4(‡?34;48)4‡;161;:188;‡?;

「いや、これでは――」私は言った。「何が何やらさっぱりだ。ゴルコンダ産の宝石を全部くれてやると言われたって、この謎を解くことはできないね」

「ところが、だ」レグランドは言った。「ざっと見た印象で無理だと思ってしまうかもしれないが、それほどに難解ではないのさ。この文字列が暗号になっているということは、誰が見てもわかるだろう――つまり、意味があるんだ。しかしキッドの伝承から察して、そう深遠な方式を編み出せる男とは思えない。だから暗号としては単純な部類だろうと判断した――とはいえ、海賊の知恵で考えれば、解法の鍵を知らないかぎり絶対に判読できないのだろうな」

「それを判読した？」

「あっさりとね。こんなのより一万倍も大変な難物を解いたこともある。生まれ育った境遇と、生まれ持った気質のせいで、こういう謎解きをおもしろがっているんだ。また人間が上手に知恵を働かせても解けないような謎を、人間の知恵で作り出せるものかどうか疑わしいとも思うよ。これだって、文字と文字の関係を調べて見やすくしてしまえば、すんなりと意味をたどることができた。

今回は——いや、どんな暗号でもそうだろうが——まず第一に考えるべきは、その暗号がどの言語に基づくのかということだ。とりわけ単純な暗号の場合には、解読の原理は各言語の特性に依拠して設定され、そこから変形する。一般論としては、ひたすら検証するしかない。知るかぎりの言語について、それらしいものから見ていって、これだという言語に行き当たる。だが、この暗号については、署名のおかげで手間が省けた。キッドと子山羊なんていう洒落は、英語にしかないのだからね。そうでなかったらスペイン語かフランス語で始めていたかもしれない。カリブ海域の賊が書いたのなら、そのあたりが妥当な線だ。しかしまあ、これは英語だと思われた。

見たとおりで語間に切れ目がないだろう。あれば仕事はもっと楽になったかもしれない。つまり短めの単語から比較検討すればよかったろうね。おそらく一つの文字で一つの単語になる（たとえばａやＩのような）場合が出ただろうから、そうであれば解読は保証されたようなものさ。ところが切れ目はないので、まず目立っている文字と、あまり出てこない文字を見ることにした。すべてを数えてから一覧にすれば、こんなところだ――[3]

8 = 33
; = 26
4 = 19
‡) = 16
* = 13
5 = 12
6 = 11
†1 = 8
0 = 6
92 = 5
:3 = 4
? = 3
¶ = 2
]—. = 1

さて、英語において最も頻出する文字はeだ。それから順に、a、o、i、d、h、n、r、s、t、u、y、c、f、g、l、m、w、b、k、p、q、x、z。この中では飛び抜けてeが多いので、どんな長さの文でも、一番多いのはeと決まったようなものだ。

こうなると、しっかりした出発点が定まって、ただの推測という域を出る。この一覧の用途は明らかだろうが、今回の場合は、わずかに援用するだけだ。最も目立つの

3　この一覧表は必ずしも正確ではない。それがポーの意図的な操作であるのかは不明だが、ここでは原文のままに示す。

が8だから、これは通常のアルファベットならeなのだと仮定しよう。そう考えてよいことの検証として、8が二つならんで出る回数を見る。英語のeは重なることが多いんだ。たとえばmeet、fleet、speed、seen、been、agreeなどなど。この暗号を見ると、たったこれだけの長さなのに、8の連続が五回もある。

では、8をeと見なすことにしよう。次に単語を考えるとして、英語で最も出やすいのはtheだ。そこで三つの文字が同じ順でならんで、その最後の文字が8である箇所が何度も出ていないか。そういう繰り返しが見つかれば、その三文字でtheになると思ってよいだろう。さがせば七カ所もある。三つの文字は；48。だったら；はtで、4はhということだ。8がeであるのは、もう確定だね。これで大きな一歩を踏み出したことになる。

こうして一つの単語がわかっただけで、ある重大な手がかりを得ることになった。ほかの単語の始点と終点が突き止められるんだ。たとえば、いまの；48が出てくる最後から二番目――全体の終わりに近いあたりの例だが、すぐあとにまた；があって、これは別の単語の最初の文字だとわかる。このtheに続く六文字を見ると、すでに五文字まではわかっているね。その部分を、わからないところは空白にして、通常の文字で書けばこうなる――

t eeth

このtで始まる語については、最後のthを除外してよいことがすぐにわかる。空白にアルファベットのどの文字を入れても、thにつながるような単語はできないからね。そうであれば、これは

t ee

なのだと絞り込んでいける。いまの要領でアルファベットの各文字を入れてみてもいいんだが、結局、答えはtreeしかなくなる。これでthe treeという配列ができて、また一つ、(はrなのだとわかった。

さらに、その少し先を見れば、また；48があるので、これを区切りとして利用して、その直前が何なのかを考える。いまの文字列だと

わかっている文字をアルファベットで書けば、こうなる。

the tree ;4(‡?34 the

the tree thr‡?3h the

わからない文字は空白にして、代わりに点を打っておこうか。そうすると

the tree thr . . . h the

こうなると、すぐに思いつくのがthroughという語だ。また新しい三文字がわかったじゃないか。o、u、gがそれぞれ‡、?、3で表されている。

わかった文字がならんでいそうな箇所を丹念にさがすと、出だしから遠くないところに、こんな配列がある。

83(88 つまり egree

これは明らかに degree の最初の一文字が欠けているんだ。ということで†はdになる。

この degree から四文字進むと、

;46(;88*

わかっている文字に置き換え、わからない文字は点にするとして、今度はこうなる。

th . rtee.

この並びだったら thirteen という見当だろう。またしても新しい二文字がわかって、iとnは、6と*だったことになる。

暗号の書き出しを見ると、

53‡‡†

これも同様に置き換えて、

. good

ということになるから、最初の文字はAだと思ってよかろう。A goodという二語がわかった。

混乱するといけないから、そろそろ一覧にしてみよう。わかった文字だけを書き出すとこうなる。

5 = a
† = d
8 = e
3 = g
4 = h
6 = i
* = n
‡ = o
(= r
; = t

というわけで重要度の高い文字を十個まで突き止められた。もう解法の手順をすべて語る必要はなかろう。これだけ言えば充分だ。この手の暗号は容易に解けるのだとわかったろうし、また相応の原理があって成り立っていることも察せられると思う。まあ、暗号としては単純な例である、ということは念を押しておこうか。あとはもう全文をお目にかけよう。羊皮紙に書かれていた文字列を解読すれば——

A good glass in the bishop's hostel in the devil's seat twenty-one degrees and thirteen minutes northeast and by north main branch seventh limb east side shoot from the left eye of the death's-head a bee-line from the tree through the shot fifty feet out.

「いや、しかし」私は言った。「謎は依然として謎のままだよ。たとえば『悪魔の座(devil's seat)』、『髑髏(death's-head)』、『僧正の宿(bishop's hostel)』なんていう符牒みたいなことを言われたって、どういう意味をこじつければいいんだ?」

「たしかに」と、レグランドが応じた。「一見したところ、まだ事態は深刻かもしれない。とりあえず僕は暗号作者が思いついていただろう文の切れ目を考えることにした」

「句読点をつける?」

「そんなようなものだ」

「といって、どうにか切りようがあったのか?」

「すべての語を切らずに続けることが、書いたやつの狙い目だったんだろうと考えた。それだけ解読が困難になるという計算だろうな。ただ、あんまり鋭くないやつが企むと、得てしてやり過ぎになるだろう。暗号文を書いていて、普通なら切れ目がある、点を打ちたくなる、というところにさしかかると、ことさら字間を詰めてごちゃごちゃになる。今回は手書きの文なんだから見ればわかるさ。不自然に詰まっているのが五カ所ある。これを手がかりにして、分けてみるとこうなった——」

A good glass in the Bishop's hostel in the Devil's seat——twenty-one degrees and thirteen minutes——northeast and by north——main branch seventh limb east side——shoot from the left eye of the death's-head——a bee-line from the tree through the shot fifty feet out.

(悪魔の座にて僧正の宿に良い硝子(ガラス)——二十一度十三分——北東微北——主幹第七枝東側——髑髏の左眼より撃つ——木から弾丸を抜けて蜂の線五十フィート)

「だが分けたところで」私は言った。「まだ先は見えないね」

「そうだった」レグランドも同じように言った。「たしかに見えなかったよ。それで何日かサリヴァン島近辺を歩きまわって、僧正(ビショップ)ホテルなんて言われる建物がないか聞き込み捜査をした。いくら何でも『僧正の宿』では古めかしいのでね。ところが何の情報も得られないので、もっと捜査の範囲を広げて、方法にも工夫が要るだろうと考えていた矢先に、ある朝、ひょっこり思いつくことがあった。島の北方四マイルあたりに、ずっと昔から大きな農園を持って屋敷を構えた旧家がある。これと関係がないだろうか。ビショップではなくてベソップという名前の家だ。そこで僕は農園に出向いて、古株らしい黒人を見つけながら同じように聞き込みをした。すると、ついに最高齢と言ってよさそうな老婆が、ベソップの城という場所を聞いたことがあると言った。何なら案内してもよいが、じつは城でも宿屋でもなくて高い岩だとのことだった。

たっぷりと心付けをはずむことにして、一応は渋ってみせる老婆に道案内をさせたよ。さして手間もかからず、その場所が見つかったんで、もう老婆は帰らせ、僕だけで実地検分をした。城と言われたものは、崖やら岩やらの不規則な集合体というべき地形だった。その中に目立って高い岩があって、ほかとは違うような、ただの自然な岩とも思えない感じがした。ともかく登ってみたが、それからどうすればよいのか、まるきり知恵が出なかったね。

あれこれ考え込んでしまったが、そのうちに偶然目に留まったものがある。岩の東側の面に、そうさな、登った足元から一ヤード下あたりに、狭い岩棚が出ていた。十八インチほど出っ張って、幅は一フィートあるかないか。すぐ上の壁面に凹みがあるのだから、昔の人が使ったような背の窪んだ椅子と似ていなくもなかった。これが暗号にあった『悪魔の座』に違いないと思って、もう全容の解明も近いのではないかという気がした。

『良い硝子』というのは遠眼鏡のことかもしれない。海の男がそんなことを言ったら、だいたい決まったようなものだろう。そう思ったら、あっと閃いたよ。ここで望遠鏡をのぞくということなんだ。場所を変えてはだめなんで、この地点から見るのでなければならない。だとしたら、『二十一度十三分』と『北東微北』は、望遠鏡をどっちに向けるかの指示だろう。そういうことがわかったんで、僕はどきどきしながら大急ぎで帰って、望遠鏡を用意すると、その岩に取って返した。

そろそろと岩棚に下りてみたら、ある一つの決まった姿勢をとらないと坐っていられないことがわかった。さっきの思いつきを裏付けてもらったようなものさ。いよいよ望遠鏡をのぞいた。水平の方位は『北東微北』と指定されているのだから、『二十一度十三分』は仰角だと考えるのが当然だろう。方位は懐中コンパスで測ればよいとして、仰角はおおよその見当をつけながら慎重に上げ下げしていたんだが、ある箇所で気になるものが見えた。遠くの森にずば抜けて大きな木があって、その枝葉の中に丸く切り取ったような隙間ができている。丸形の中心に白い点が見えたんだが、すぐには判然としなかった。望遠鏡の焦点を調節して見直したら、人間の頭蓋骨であるとわかったんだ。

これを発見したら、もう身体の血が沸き返るようで、ついに謎は解けたのだと思った。あとは楽なものだ。『主幹第七枝東側』なんてのは木に隠した頭蓋骨の位置を語るのだろうし、また『髑髏の左眼より撃つ』だって、埋めた財宝をさがす上では一つの解釈しかあり得ない。髑髏の左の目から弾丸を落とす、ということだろうね。それから蜂の線、すなわち直線を木から最短に引いておいて、弾丸を抜ける、つまり着弾点を通過させて、五十フィートの距離まで延ばすと、ある定点が示される——その下に何らかの埋蔵物があるということが、少なくとも可能性として考えられた」

「おみごと」私は言った。「すべて見通したんだね。まったく巧妙で、しかも単純明快だ。で、僧正の宿とやらを出てから、どうなった?」

「ああ、この木の位置をしっかりと頭に入れて帰ろうとした。ところが『悪魔の座』を離れたとたんに、丸く見えた隙間が消えてしまった。それ以後は、どこをどう見てもわからなかった。この一件で何よりも巧妙なのは(実験を繰り返したから間違いないと思うのだが)あの狭い岩棚へ行かなければ、どこから見る景色の中にも、丸い隙間が見えないということだった。

じつは『僧正の宿』の探索には、ジュピターがついてきていた。僕が何週間かぼんやりしているように見えたんで、どうしても放ってはおけないと思ったんだろうな。だが次の日には早起きして、こっそり抜け出し、あの木をさがして山に入った。さんざん苦労して、やっと見つけたよ。夜になって帰ったら、ジュピターのやつ、棒を持って待ちかまえていた。それからの冒険については、知っての通りさ」

「ということは」私は言った。「初回の穴掘りがうまくいかなかったのは、ジュピターが勘違いをしでかして、髑髏の左目ではなく右目から虫を落としたのが原因だね」

「その通り。着弾点での誤差は二インチ半ばかりだった――木と最短の線を結べるように目印の釘を打った点だったが、その真下に宝が埋まっていたなら、どうという誤差でもなかったろう。だが、この点と木の直近点は、直線の方向を決めるための二点なのだからね。わずかな誤差とはいえ、そこから出発して五十フィートも行けば、だいぶ目標から逸れてしまう。このあたりに絶対あるはずだという確信があったからいいようなものの、さもなくば諦めて骨折り損だったかもしれない」

「そうか。だが髑髏なんてものを持ち出して、その目から弾丸を落とすという洒落た趣向は、キッドが海賊旗から思いついたことなんだろうねえ。おどろおどろしい標識によって宝を取り戻すという仕掛けに、海賊としての詩情を込めたんじゃないのか」

「まあね。ただ、詩情もあるだろうが、また理屈もあったという気がしてならない。悪魔の座から見えるとしたら、たとえ小さくとも、はっきりと白いものでなければならない。どんな天候にさらされても白い色を失わず、なお一層白くなるものといえば、人間の頭蓋骨を措いてない」

「しかし、きみの大仰な言い回しといい、虫をぶらぶら振って歩いたことといい、何ともはや奇抜だったぞ。てっきり常軌を逸したのかと思った。また、どうして弾丸ではなくて黄金虫を頭蓋骨から落とすことにこだわったんだ?」

「ああ、いや、打ち明けて言えば、僕の正気を疑われている気配がありありとして、いささか心外だったんでね。僕なりの仕返しとして、ちょいと煙に巻いてやろうかと計算したのさ。だから虫を振ったり、木から落とさせたりした。きみが虫の重さのことを言っていたおかげで、落とすという思いつきも出たんだ」

「なるほど。だが、もう一つだけ、わからないな。人骨が埋まっていたことは、どう考えたらいいんだろう」

「あれは僕にも答えがない。あり得る説明は一つかもしれないが、それを言ったら、いかにも残酷物語だろうね。もし宝を隠したのがキッドだったとして――もちろん、そうに違いないとは思うんだが――一人で片付くような作業ではなかったはずだ。しかし、その仕事が山を越してしまえば、手下の口封じをするのが得策と考えたのかな。まだ穴の中にいた連中に、鍬か何かをがんがん振り下ろせば事は済んだろう。もっと何度も殴ったのかもしれないが、そこまではわからないね」

解説――ポーとホーソーン

小川高義

さて、解説というほどの文章が書けるのかどうか、私はポーを専門とする学者ではないので、その生涯や事績を詳細にたどって述べることはできない。また、その必要もないのではないかと思っている。どんな文学作品にも多かれ少なかれ言えるだろうが、作家の経歴がわからなければ作品がわからないというものではない。そういう知識を必須条件として要求するなら、もはや作品としては未完成ないし欠陥品に近いだろう。

また読者から見た場合にも、ある書物が一冊まるごと隅々まで百パーセントわかる、ということがあり得るだろうか。とりわけ言葉も違う遠い世界で書かれたものを日本語にしてしまおうという翻訳小説であれば、わからない事実があっても鑑賞は可能だと開き直るくらいでよい。たとえば江戸時代の生活をすべて知らなくても時代小説を楽しめるのと同じである（もちろん著者はいろいろ調べるだろうが、その結果を逐一書いて注釈だらけにしたら、かえって読めないものになる)。さらにポーのように実社会を写すタイプではない作家であればなおさら、現実の時間空間を離れて、純粋な人工物としての出来映えを賞味してもよいだろう。わかる作品だけが、よい作品なのではない。

ここでは、まず収録した作品を概観したあとで、ポーが自身について発表した文学論、いわば公式に表明した創作方針と見られるものを適当にかいつまんで点検し、一応の鑑賞ガイドとしたい。ポーの文学的自画像のようなものが浮かんでくることを願う。比較対照のため同時代のホーソーンにも登場してもらうことにする。

まず本書の目次をご覧になっていただけば、大筋として「恐怖もの」から「推理もの」へと移っていくようにならべたのだとおわかりだろう。これを言い換えると、恐怖が不可解なままに終わるものから、謎が解ける結末にいたるものへ、という順序である。あるいは、非合理でも構うことなく強烈な効果をねらったものから、合理性を重んじて多少ともリアリズム傾向を帯びるものへ、と言ってもよいだろうか。

ポーが公言する文学的な意図は、読者の心を高度に刺激することにあった。そして心の興奮をもたらす要因として、詩では「美」が最適なのだが、散文では「恐怖」の使い勝手がよい。ということであれば死に関わる物語が多くなるのは当然だろう。ここでは美女の死にまつわる作品を冒頭から四篇ならべた（このテーマで書くポーが最も魅力的だという訳者の趣味を反映している）。ただし、マドラインもライジーアも、はたして死んでいたのかどうか、どの程度まで死んだのか、よくわからないところがある。

もちろん「アッシャー家の崩壊」の場合には、マドラインの死だけが問題なのではない。なぜ淀んだ旧家の精神と屋敷が渾然となって、もろともに大崩壊を遂げるのか、これまた結局はよくわからない。しかし、わかろうがわかるまいが、ただ最後の鮮烈きわまるイメージに圧倒されて呆然とすればよい、それ以上うるさいことを言わないのが正しい鑑賞の態度である、とさえ私は思っている。こんなことを解説として書いてよいのかどうか怪しいが、いきなり理屈でわかろうとするよりは、ポーが次々に見せてくれるCGやアニメーションを先取りしたような映像に、まず酔いしれるべきである。

「ライジーア」にも解決らしきものはなく、とりわけ作中でライジーア作として引用される詩を見ると、恐怖とは人智の及ばないものだとしか思えない。ついでに言えば、死んだ女と一夜をすごす男がどんな行動をとっていたのかも、よくわからない（ように書いてあると私は思う）。おかしな死体愛好の趣味がありそうだという疑いを拭えない。

だが一方で、ポーは推理小説の元祖と言われる作家であることも確かで、その場合には作中で提出される怪事件を、推理分析によって整理していく経過が読ませどころとなる。そうすれば恐怖は薄らぐ。または消える。これも私見なのだが、ポーには（ロデリック・アッシャーが不安を訴えたように）恐怖を恐怖するというところがあって、何としてでも恐怖を解消してしまいたい衝動があったのではないか、それほどに恐怖を恐れていたのではないかと思える。その解消の一つの方法は、恐怖を笑いものにしてしまうことだ。「ヴァルデマー氏の死の真相」には、そのような気配が見える。臨終の催眠術という奇抜な着想から出てくるグロテスクな死は、おぞましいには違いないが、どこかに滑稽味があって、その分だけ恐怖がやわらげられる。とはいえ、人間の意思がどこまで死に抗しきれるのかという問いは「ライジーア」にも通じ、また形あるものが壊滅寸前でとどまっていたのに、ついに歯止めがきかなくなって大崩れする終局は、「アッシャー家の崩壊」と似ていなくもない。

　ポーを訳していると、「死」の意味で"dissolution"という語が多用されることに気づく。生命体の「分解」である。これを「死」と書いておしまいにするのは簡単だが、あまりに惜しい。ヴァルデマー氏のみならず、マドラインもライジーアも、この語によって死んだ。ばらける、崩れる、朽ちる、溶ける……肉体の「崩壊」であることは当然だが、体内における生命の「消滅」、肉体と魂の「分離」でもある。なおアッシャー家の「崩壊」には"fall"が使われた。つまり、この家は落ちたのだ。名家が没落し、その精神力も下落して、ついには屋敷が崩落する。

　もっと有効に、きれいさっぱりと恐怖の解消を図るなら、恐怖を知的に分析しつくすのがよい。「大渦巻への下降」では、自然現象によって物理的に発生する恐怖から、冷静な観察を武器にしての脱出が可能となる。もはや明らかに、恐怖そのものよりも、それを打開するプロセスが作品の主眼である。ただし、ここでも渦巻の内外に見える特異な映像美を忘れてはなるまい。すさまじく、美しい。これぞポーの真骨頂だろう。やはり理屈だけでは面白くならない。

　なお、作中に出る島の名前については、適宜、音の響きも考えて表記したことをお断りする。ポーにしても正確な知識があったわけではなく、当時の『ブリタニカ百科事典』その他の文献に頼りながら想像をふくらませたのである。

「群衆の人」は、都市の諸相を追いながら、ついに都市の正体がわからないというところに現代的な味わいがあって、ポーの作品中でもユニークな佳品であろう。不思議な老人は、群衆の中の一人というよりは、もはや群衆なるものと融合して、個別には存在できない人らしい。どうしてそうなるのか、いまだ謎の解明にはいたらないが、解こうとする観察と思考の方法は、まもなく探偵が登場することを予感させる。

その探偵、すなわち「盗まれた手紙」のデュパンは、右の観察者と同様に、かなり癖のある人物であって、名探偵＝正義の味方＝よい人、という思い込みを吹っ飛ばしてくれる。こういう作品が面白くなるためには、謎解きの筋書きもさりながら、探偵、聞き役、三枚目といった役割分担を按配しながらのキャラクターづくりが大事なのだと実感する。そうでなければ、謎が解けてしまうのに面白い、という結果にはなるまい。

それは「黄金虫」でも同じことで、やはり三人の男が似たような役割を受け持っている。だが構成上やむを得ないのかもしれないが、人物の動きは前半に集中して、後半は理屈っぽい謎解きの独演会となり、下手をするとダレ場にもなりかねない。それでも結末まで読ませてしまうのはポーの筆力ということになるのだろう。ポー自身は謎解きこそが読みどころと考えていたようだ。しかし訳していて楽しかったのは前半の掛け合いである。木に登ったジュピターは、間が抜けているようでいて、なかなか侮(あなど)れない。ちゃっかり一ドル銀貨をせしめることになったが、あれだけ大量の財宝が見つかったあとでは、一ドルの約束は立ち消えになったのだろうか。何となく気になる。

ポーは四歳半ほど年上の作家ホーソーンを（全面的にではないが）高く評価して、とくに三度の書評を行なったことが知られている。ただし、ポーは一八四九年に早世して、その段階ではホーソーンは『緋文字』（一八五〇）以降の長篇を発表していないのだから、ポーのホーソーン評はすべて短篇集を対象としたものでしかない。二回目の書評までは『二度語られた物語(トワイストールドテールズ)』を、三回目は『旧牧師館の苔(こけ)』も含めて評している。ポーによる『緋文字』論などは見てみたかったような気もするが、ともかく結果としてポーによる書評は短篇論であり、ホーソーンにかこつけて自説を開陳したようなものになっている。

一回目は「グレアムズ・マガジン」の一八四二年四月号に載った。これは短いもので事実上は二回目への予告なのだが、まず短篇(tale)は散文の表現形式として長篇(novel)を上回るという持論を述べてから、ホーソーン氏の作品を例として短篇を論じたいという趣旨を明らかにする。ホーソーンについては、その文体は純度が高く、題材にふさわしい調子が効果的だと認めながら、しかし内容の変化には乏しいとして苦情を言うことも忘れない。それでも独創性においては高得点をつけて、総合評価ではアメリカの最高峰に位置すると判定する。

その翌月、一八四二年五月号に、予告どおり二回目の評が出た。ホーソーンへの見方は前回と変わらない。それよりも、今号もまた紙数が足りないと言いながら前半をそっくり費やして短篇とはいかなるものかという議論を展開するので、後世の人間がポーを知るためには重要な手がかりになってくれる。

ここで議論の根幹になるのは作品の長さであるようだ。一つの作品にあれもこれも盛り込んで散漫になってはいけないのであって、「効果または印象の統一性」が何より大事だと言うのだが、これは「一回坐って読める」長さを超える作品では達成できない。魂の興奮状態など、いつまでも続くものではないからだ。「およそ高揚感とは一過性のものである」。

要するに、長すぎたらダレちゃうよ、というわけなのだが、さりとて短すぎても深い感銘をもたらすことはできない。ちょうどよく短いことが肝要である。したがって、長い詩などは、詩であって詩ではなくなるだけであり、散文もまた長篇はけしからん、短篇がよい、ということになる。

では、そういう小さな器に何を盛るのかというと、まず先行するのは「効果」である。何かしら一つの効果に集中して、それを生かすような筋立てを考える。すべては効果に資するものでなければならず、雑な成分を混ぜ込む余地はない。このあたりが詩にも散文にも共通してポーの文学論の大原則である。だが詩には韻律に由来するリズムがある。これが大いに働いて、詩では「美」の表現が最高度に実現する。だがリズムには人工性が付きものなので、「真理」を追うためには、かえって邪魔になることがあり、そこで短篇が本領を発揮する。詩よりは一般受けもするし、推理、皮肉、ユーモアのような、さまざまな手法、趣向があり得る。短篇は「美」では詩に負けるが、恐怖や情念を書くなら都合がよい。その出来映えの評価は、制作の意図が、これに適切な方法に助けられて、どれだけの完成度に達したかという基準のみによる。

ポーは、この二回目の書評の時点で、ホーソーンに対して最も好意的だったと思われる。その翌年つまり一八四三年の春には、ポーは自身が企画していた文学雑誌にホーソーンからの寄稿を望んで、「ホーソーン氏を直接ご存じであろう」詩人のジェームズ・ラッセル・ロウエルに手紙で仲介を依頼した。しかしホーソーンは、これから暑くなる時期には頭がとり散らかって仕事にならない、ポー氏のお眼鏡にかなうものは書けそうにない、霜が降りる季節までにはどうにかなるかもしれない、などと煮えきらない返事をしている。

　そして三回目の書評は、やや時間をおいて、「ゴディーズ・レディーズ・ブック」の一八四七年十一月号に出た。ここでは前半でホーソーンは一般受けしないという話が続くのだが、われわれに興味があるのは、寓話（アレゴリー）に関するポーの見解であろう。この形式に傾く癖がホーソーンからは抜けない。しかし効果の統一性を重んじるポーから見れば、表層の意味があって底流の意味が示唆される寓話というのは、分裂をもたらすだけの無用なものでしかない。このあと後半は二回目の書評と同じような（というよりも、ほとんどコピペしたような）議論になるのだが、小難しい寓話に仕立てるから一般の目に届きにくくもなるので、さっさと素直な筆法に切り替えればよい、案外そのほうが似合うだろうに、と言って締めくくる。

ここで出しにされたホーソーンのために一言添えておこう。ホーソーン全集（オハイオ州立大学版）を見るかぎり、ポーに宛てて書いた手紙が一通だけある。一八四六年六月十七日付だから、まだ三回目の書評は見ていない時点での反応だが、それまでにポーは他の雑誌記事（一八四四年十二月および一八四六年五月）にもホーソーンへの短評を含めていて、四二年の書評にくらべると、評価への留保条件が目立ってきていた。ホーソーンは扱うテーマの幅が狭く、同じようなものを書いているが、その範囲内では無敵である、というような言い方を繰り返している。

一方、ホーソーンは手紙を書いた直前に、新刊の短篇集『旧牧師館の苔』を出版社を経由してポーに贈呈していた。これは文面からも推察され、また出版社に依頼した別の手紙（四六年四月三十日付）で裏付けられる。自分のことを何度も批評する人物として気になっていたに違いない。そして批評への感想はというと、「概（おおむ）ねご高評をいただけていることもさりながら、ともかく熱意を傾けてご執筆くださるようだと思いつつ拝読しております。小生、真実のみを大事にいたしますので、拙著に関しても、砂糖をまぶしたような虚言よりは、手厳しい真実を受け止めたいと心がけるものです」。

こうして一応は礼状めいたことを言ったあとで、しかしながら、と続ける。「貴殿には批評家というより実作者として讃辞を呈するものであり、批評においては異論がなきにしもあらずと申し上げます。作家としての筆力、創意がおありであることには、いささかの疑義を挟むものでもありません」。

やや煩雑になったかもしれないが、こんなところがホーソーンを踏み台にしたポーの短篇論である。もう少し面倒な検証にお付き合い願って、今度はポーがぬけぬけと自作を誉めた書評を見るとしよう。

一八四五年六月に、ポーの短篇集が『テールズ』という題名で刊行された。既発表の作品から十二篇を収録したものだが、その選定をしたのはポーではなく、出版社(ワイリー・アンド・パトナム)のエヴァート・オーガスタス・ダイキンクという編集者だった(ホーソーンが自著をポーに贈呈するべく手配を依頼した相手でもある)。ニューヨーク出版界の著名人で、ポーも一目置いていた人物のようだが、このときの選定は推理ものに傾きすぎたので、ポーは多様性に欠けるとして不満であり、また「ライジーア」が除外されたのも気に入らなかった、ということが一八四六年八月九日の書簡(フィリップ・P・クック宛)に見てとれる。ポーはホーソーンに対して同じような趣向ばかりで書くという批判を投げたが、自分では多彩な作品を書いているという意識があったことは明らかだ。

この『テールズ』とは、いかにも単純な題名で、「物語」を複数にしただけでしかないのだが、あまり単純とも言えない書評が同年十月の「アリスティディアン」という月刊誌に載った。じつは書評とはいえポー自身が筆者だったという疑いが濃厚であって、本当に誰が書いたのか断定はできないとしても、いかにもポーが自分で言いそうな内容であり、また本人しか知り得ない細かい事実を含んでいるという指摘もある。もしポーが書いたのではないとしたら、同誌の編集人だったトーマス・ダン・イングリッシュが候補になるのだが、その場合でもポーとの談合があってのことだと考えられている。いずれにせよポーの意向を色濃く反映していることは間違いないので、ポーが自作をどう見ていたかという資料になる。

まず話題になるのは、英米の作家が前例踏襲の悪弊に落ちているということで、とくにアメリカでは独創性を毛嫌いして、新しいものを見ると、こんなのは変わっている、おかしい、と考える傾向があるという。そこに登場したのが、いま評判の本書である、模倣という過去の鎖を断ち切るものだ、と臆面もなく言っている。

それから収録作に一つずつコメントを付けていくのだが、これは逐一追いかけるまでもないだろう。また作品によって費やす字数にかなりの差があって、詳しく述べたり、あっさり済ませたりしている。優遇されているのは「黄金虫」だ。懸賞小説として一等になったのだと述べてから、発表時には評判になって、あれほど世の中に出回った作品はアメリカにはなかったと豪語する（ちなみに初出は一八四三年六月、フィラデルフィアの週刊紙だったが、すでに出来上がっていたものを流用したのであって、懸賞のために書き下ろしたのではない）。

ポーらしき筆者は、この作品では宝探しというポピュラーな題材が完璧に仕上げられていると評してから、「完璧」とは何のことかという定義を付する。すなわち「作品の各部が動かしようも省きようもなく組まれていて、どこかを変えれば全体が台無しになる。どの一点を考えても、他の点に寄りかかっているのか、それを支えているのか、どちらとも言えない」というのが完璧なプロットの作り方である。「その完璧な目標を完璧に達成した」と完璧を連発して激賞する。題名にもなっている黄金虫は、作品の本題ではないが、読者を引きつけて不思議な気分にさせるための仕掛けである。ポー氏が書いた中でもきわめて巧妙なストーリーである——と言いながら、より高い次元で本物の創意工夫というなら、「ライジーア」のような尋常ならざる着想の作品には及ばない、という但し書きもつけている。

なお、レグランドとジュピターの人物造型にも自信があったようで、とくにジュピターについて、へんな歪曲はない、よくある黒人のカリカチュアではない、と言っていることは翻訳上のヒントにもなるので訳者にとっては興味深い。

そのほかには「アッシャー家の崩壊」について、音の誤解がテーマだと言っているのが気になる。ずっと聞こえていた音が、じつは苦悶の声だったと知ってからの驚きが問題になるらしいのだが、それが作品の要点になるのかどうか正直に言って訳者にはよくわからない。ただ、これだけ映像性の際立つ作品にあって、音響の効果も忘れてはならないことは覚えておきたい。また、ここでも「ライジーア」を引き合いに出して、「アッシャー家の崩壊」は高度に精巧な出来映えながら「ライジーア」には及ばないと判定しつつ、ポー氏の作品として一般に好まれるのは「黄金虫」だが、玄人受けするのは「アッシャー家の崩壊」だとも言う。

これ以外の作品については、とくに紹介すべきコメントは少ないように思うが、推理分析によって事件を解決する作品は「うしろから先に書く」のだと手の内を明かしていることを付け加えよう。

さらに訳者から少々の注釈をすると、もともとポーは詩人であって、その短篇論も詩論から派生したようなものなのだが、最後から書くという理詰めの方法もまた詩論と同じなのだと言ったら、やや意外の感があるだろうか。ロデリック・アッシャーは強烈な感興に動かされて音楽や詩を産み出していたようだが、その点では作者たるポーは違っていた。読者の魂を高揚させる効果をねらうために、作者は計算ずくで書いた。「大鴉（おおがらす）」の詩も、少なくとも公式見解としては、最後から先に書かれている。いま公式見解と言ったのは、ポー自身が「構成の哲学（The Philosophy of Composition）」（一八四六年四月）というエッセーで、そのように述べているからだ。これは「大鴉」の出来上がり方を解説した、いわば詩のレシピのような文章である。その記述を信じるなら、詩の中の何から何まで、何らかの理屈があって採用されたことになる。まるで推理小説を書くように詩を書いたと言ってよいのかもしれない。結末とは「あらゆる芸術作品が始まるところ」である。だが、それもまた読者を興奮させる効果のためであって、ポーは後世の推理小説作家のように推理小説を書くことを目的としたのではない。推理の過程そのものが、「美」や「恐怖」と同じように、読者の脳への刺激剤になればよいのである。

さて、『テールズ』の書評に戻ると、その最後はまとめの総論になって、ポー氏の文体には明晰（めいせき）で迫真の説得力があると賞めてから、さらに作家としての第一目標は独創性に置かれていると主張する。その最終段落をすべて引用しよう。

明らかに、きわめて顕著に、ポー氏が目標とするのは独創性（originality）である。アイデアにせよ、アイデアの組み合わせにせよ、独創的でなければならない。もし書くべき新しいことがなくて、あるいは古いことを新しく書く方法がなくて、それでも書くのであれば犯罪（a crime）であると氏は考えているようだ。作品の効果を上げるのに役立たないかぎり、一語たりとも余分な言葉を許さない。ポー氏が真っ先に求めるのは新しい効果（a novel effect）である。主題を求めるのはその次だ。すなわち、新しい状況を整え、新しい調子を用いて、しかるべき効果を進展させる。何にせよ効果を先に進める題材こそが適正な題材だと見ていることは間違いない。そのような結果として、氏は大いに注目すべき作品を産み出し、わが国における「短篇（the mere "tale"）」を、「いわゆる長篇（the larger "novel"）」をも上回る高みに引き上げたのである。

いまキーワードには括弧内に原語を残したが、ここで一つだけ語釈をつけると、長篇という意味で使われた「ノヴェル」は、もとはラテン語だが、フランス語の「ヌーヴェル」とも同根で、元来、「新しいもの」という語義がある。右の引用で簡単に「いわゆる長篇」と書いた部分は、正確に訳せば「より規模の大きな長篇という形式──便宜的にノヴェルと称される」という表現になっている。

いったん整理して言うならば、短篇（テール）と長篇（ノヴェル）という対比において、ポーは強烈に集中した効果を上げるために短篇を好み、これに新しい工夫をこらして長篇をもしのぐ域にまで高めたという自負を述べたことになる。どこにも新味がないものを書いたら文学的な犯罪行為だとさえ考えた。

ここでホーソーンに再登場してもらうとして、その長篇『七破風（しちはふ）の家』（一八五一）

の序文から一部引用する。こちらの対比は、「ロマンス」と「ノヴェル」である。どちらも訳せば「小説」でよいのだろうが、この両者の区別は長短の問題ではなく、どれだけ現実に近いか離れているかという性質の違いである。しかしポーの場合と同様、ノヴェルが割を食っているのは確かで、ホーソーンは自分の好みがロマンスにあることを言いたいのである。ノヴェルは現実にありそうなことに寄り添わねばならないが、ロマンスでは作家の演出による自由度が高いのであって――

たしかに芸術作品であるからには厳密な作法（さくほう）に従うほかなく、また人間の心の真実から外れたら許されざる罪を犯す（it sins unpardonably）ことになるのだが、しかしロマンスにあっては相当程度にまで作家の選択ないし創作に関わる条件のもとで、この真実を提示することも妥当であろう。

さりとて野放図なことはせず、おのずと節度ある権利の行使であるべきだとして、とくに「驚異なるもの」を書くなら、わずかな風味を添える程度にとどめるのが望ましいとも言うのだが、「ここで節制しないとしても、文学上の犯罪（a literary crime）

にまではなるまい」。

このような発言を聞けば、二人の気質の差は明らかだ。おそらくポーにしてみれば作家の自由度などはあって当たり前でしかないだろう。両人とも文学における「罪」を設定し、これを忌避しながら、言わんとすることは違っている。ポーは新工夫を重んじて、どれだけ現実を離れたとしても、めずらしい工芸品のように仕上げることを喜び、ホーソーンは精神性を重んじて、少しくらい現実を離れたとしても、心の内奥にある真実を見ようとする。

この時点で世を去っていたポーには、相次いで長篇を発表するようになったホーソーンを批評することはできず、もはや両者の応酬はなかったが、それぞれが展開した議論、それぞれの意味でノヴェルではないものを書くという考え方が、その後の短篇、長篇における基本原理として、アメリカ文学史に根を張ったことは間違いない。そして大きな文脈で言えば、二人とも同じ運動の中にいたはずである。

いまだ文化の厚みがない国で、もし現実社会に書くべき材料が乏しいなら、ほかにどのようにして文学を成り立たせるかという模索がなされた。一つの有力な方法は、心の奥の暗闇をさぐることだ。そのためにホーソーンは植民以来の清教徒の歴史を見直して、倫理的な観点から心の内部を見ようとしたが、一方で、現実の歴史の外にいたような印象のあるポーでさえ、たとえ異国情緒たっぷりの幻想世界に遊んだとしても、いま自分が書くことの可能性をさがす意図において、さほどの違いはなかったろう。

怪奇現象を見せることだけがポーの恐怖ではない。恐怖に遭遇する人間の心の動きが問題なのだ。恐ろしいもの自体が幻影であろうとなかろうと、その恐ろしさは心にとっては現実になる。そのようにしてポーから流れ出た恐怖は、あとの世代にも引き継がれて、ヘンリー・ジェームズやイーディス・ウォートンのようなリアリズム時代の作家もまた、心理的リアリズムとして幽霊物語を書いた。南北戦争の現実を見てからジャーナリストになったアンブローズ・ビアスも、怪奇な物語を書き続けた。

もし源流をたどれば十八世紀末にイギリスで流行していたゴシック小説ということになるのだろうが、その恐怖趣味を借りつつも、どうにかアメリカ風に仕立て直そうとすることが十九世紀前半の作家の大きな関心事だった。そうであればポーが自分や他人を誉めるときに第一の基準としたのが「独創性（originality）」だったのも肯（うなず）けよう。新しい一国の文学を打ち立てようと各人が独自の方法をさぐっていた。いよいよ国民文学が出来上がろうとした時代である。

エドガー・アラン・ポー年譜

一八〇九年
一月一九日、ボストンに生まれる。父デイヴィッド、母エリザベスともに旅回りの役者で、この時期にはボストンで出演していた。兄ヘンリー（一八〇七生）がいる。

一八一〇年　一歳
妹ロザリー生まれる（一二月二〇日）。

一八一一年　二歳
母がヴァージニア州リッチモンドで死去（一二月八日）。このときまでには父が失踪している。ポーは同地のタバコ商ジョン・アラン夫妻に引き取られ、事実上の養子となる。妹は他家に預けられ、兄はボルティモアの祖父母宅へ。

一八一五年　六歳
アラン家が商用でイギリスへ行く。スコットランド（ジョンの出身地）を訪れてから、ロンドンに居住。

一八二〇年　一一歳
リッチモンドへ帰る。

一八二三年　一四歳
級友の母親ジェーン・スタナードに惹かれる。ただしジェーンは翌年に死去。

一八二五年　一六歳
セアラ・エルマイラ・ロイスターと出会い、両家の反対を押して婚約。

一八二六年　一七歳
ヴァージニア大学に入学。アラン家からの仕送りが足りないと考え、賭博に手を出して二〇〇〇ドルの損失を出す。この借金をめぐって養父ジョンと対立。ロイスター家の意向により、エルマイラは別人と婚約。

一八二七年　一八歳
大学を中退し、ボストンへ行って、「エドガー・A・ペリー」という変名で陸軍に入隊。第一詩集を出版。小冊子というべき匿名の印刷物だった。部隊の移動によって、サウスカロライナ（一一月）、ヴァージニア（翌年一二月）へ。

一八二九年　二〇歳
養母フランシス・アラン死去（二月二八日）。陸軍を除隊し、縁者を頼ってボルティモアへ行く。同地にて第二詩集を本名にて出版。

一八三〇年　二一歳
ニューヨーク州ウェストポイントの陸軍士官学校に入る。養父ジョンは再婚し、ポーとは縁が切れる。

一八三一年　二二歳
士官学校を出たくなって、わざと怠慢な態度をとり、追放処分になる。ニューヨークにて第三詩集を出版。ボルティモアへ移り、祖母エリザベス・

ケアンズ・ポー、叔母マリア・クレム、その娘ヴァージニア(八歳)と同居。兄ヘンリーは間もなく死去。「サタデー・クーリア」誌の懸賞小説に応募するが落選。しかし、これを契機に、翌年「メッツェンガーシュタイン」など五篇が同誌に掲載される。

一八三三年　二四歳
「サタデー・ビジター」誌の懸賞に応募して、「瓶の中の手記」が一等賞金(五〇ドル)を得る。このときの審査に加わっていたジョン・ペンドルトン・ケネディが、貧苦に喘ぐポーを支援する。

一八三四年　二五歳
養父ジョン・アラン死去(三月)。ポーには遺産を分与せず。

一八三五年　二六歳
ケネディの推挙で、「サザン・リテラリー・メッセンジャー」(以下「メッセンジャー」)誌に寄稿を開始。祖母エリザベス死去(七月)。ポーはリッチモンドへ移る。同誌の編集に参加し、次作の詩や短篇を掲載。ただし創立者にして編集長トーマス・ウィリス・ホワイトは、ポーの飲酒癖と精神不安定を警戒している。一〇月、叔母のクレム夫人および従姉妹のヴァージニアも、ボルティモアからリッチモンドへ移って、ふたたび同居。一二月、「メッセンジャー」の編集長になる。

一八三六年　二七歳

五月、一三歳のヴァージニアと結婚。

一八三七年　二八歳

ホワイトと対立して「メッセンジャー」を去る。ニューヨークで職を求めるが失敗。

一八三八年　二九歳

フィラデルフィアへ移る。定職は見つからない。「ライジーア」をボルティモアの雑誌に発表（「アメリカン・ミュージアム」九月号）。

一八三九年　三〇歳

ウィリアム・バートン主宰の「ジェントルメンズ・マガジン」に編集者として参加。同誌に「アッシャー家の崩壊」「ウィリアム・ウィルソン」など掲載。第一短篇集『グロテスクとアラベスクの物語』（全二冊）刊行。これまでに書いた二五篇を収める。

一八四〇年　三一歳

ジョージ・グラハムがバートンの「ジェントルメンズ・マガジン」を買収し、自身が主宰する「キャスケット」誌と合併して「グレアムズ・マガジン」として発刊。「群衆の人」を創刊号に掲載。

一八四一年　三二歳

二月、「グレアムズ・マガジン」の編集に加わる。「モルグ街の殺人」「大渦巻への下降」を掲載（四月号）。

一八四二年　三三歳

一月、ピアノを弾いて歌っていたヴァージニアが血を吐く。以後五年間、衰弱して死に向かう病妻をかかえ、ポーの作品に死と狂気の影が色濃くなる。飲酒がやまない。五月、「グレアムズ・マガジン」の方針を嫌って辞職。

一八四三年　　三四歳

文芸誌の立ち上げや、ワシントンでの政府関連の仕事を求めるが、いずれも失敗。六月、「ダラー・ニュースペーパー」紙の懸賞小説に応募し、「黄金虫」で賞金一〇〇ドルを獲得。おおいに文名を上げる。八月、フィラデルフィアの新聞に「黒猫」を発表。一一月、アメリカ詩について講演。好評を博して、同様の催しが続く。

一八四四年　　三五歳

ニューヨークへ移る。九月、「ギフト」一八四五年版に「盗まれた手紙」を発表。一〇月、「イブニング・ミラー」紙の専属として執筆。

一八四五年　　三六歳

一月、「イブニング・ミラー」紙に掲載された「大鴉」が評判となる。六月、第二短篇集『テールズ』が出版される。「ブロードウェー・ジャーナル」の編集に加わったあと、借金をして同誌を買い取る。旧作の改訂版、書下ろしの評論などを発表する場とするが、まもなく資金繰りに詰まる。一一月『大鴉その他詩集』刊行。一二月、「ヴァルデマー氏の死の真相」を「アメリカン・レヴュー」および「ブロードウェー・ジャーナル」の両誌に掲載。

一八四六年　三七歳
四月、「グレアムズ・マガジン」に、「構成の哲学」を発表。五月、ニューヨーク郊外のフォーダムへ移る。すでにヴァージニアの病状は悪化し、ポー自身も心身の衰弱が進む。

一八四七年　三八歳
一月、ヴァージニアが結核で死去。

一八四八年　三九歳
散文詩『ユリーカ』刊行。自前の雑誌を持つ夢を捨てず、資金稼ぎのために講演・朗読を行なう。年上の未亡人セアラ・ヘレン・ホイットマンに求愛し、いったんは婚約するが、夫人側から破棄される。

一八四九年　四〇歳
七月、講演のためリッチモンドへ行く。若き日の恋人で、未亡人になっていたエルマイラと再会して、婚約にいたる。八月、断酒の会に加わる。九月、リッチモンドを発って（二七日）、ボルティモアに着く（二八日）。地方選挙の投票所になっていた酒場の前で、意識不明になっているところを発見され（一〇月三日）、搬送先のワシントン大学病院で死去（七日午前五時）。「アナベル・リー」は死後、「サザン・リテラリー・メッセンジャー」（一一月号）などに掲載された。

訳者あとがき

ポーを訳すのは、私にとっては二度目の試みである。一冊目は、もう十年ほど前になるのだが、ポーの短篇と小さなエッセーの計八篇を訳したものが、『黒猫／モルグ街の殺人』という題で古典新訳文庫の仲間入りをした。古い作品をまとまった分量で訳すのは私には初めてのことであり、あやしげな猫と死体にこわごわと手を出す、というのが偽らざる心境だった。ちなみに一冊目の「訳者あとがき」には「黒猫」の本邦初訳（明治二〇年）を世に出した饗庭篁村（あえばこうそん）のことを書いて、「ポーとコーソン」という駄洒落めいた副題をつけたが、今回は「解説」の副題を「ポーとホーソーン」にした。これは本物の（と言うと饗庭コーソンには申し訳ないが）ナサニエル・ホーソーンの話である。

ポーの短篇集を構想すれば、当然ながら「アッシャー家の崩壊」は収録すべき候補に挙がる。なぜ一冊目に入れなかったかというと、ずばり、難しそうだったから、である。

あれから十年たって、古い作品を訳すことに十年分の経験を得たあとで、自分の腕試しのような気持ちもあって、もう一度、ポーに取り組むことにした。いかにも難物だと思って敬遠していた作品を、あえて含めている。わざわざ厄介なことをしたくなったのだから、ひょっとすると自己破壊の衝動に近いものがあって、それだけポーの毒がまわった後遺症なのかもしれないと思うこともある。

いずれにせよ、そのほかにも「ライジーア」「黄金虫」のような、前回には積み残して気になっていた作品を、ともかくも収められたということで、すっきりした気分になっている。また今回は計九篇なのだが、その中に詩を二篇入れるという、これまた厄介なことをした。詩を訳すのは大冒険だと承知しているけれども、しかしポーの作品集にまったく詩を入れないのも不備ではないかと思って、えいやと少しだけ頑張った。それに「アッシャー家の崩壊」と「ライジーア」には、それぞれ一篇ずつの詩が挿入されていて、いずれも単独で発表されたことがある。結局は詩を避けて通れなかった。

「大鴉」と「アナベル・リー」を選んだのは、どちらもよく知られた詩であり、美女の死というテーマのつながりもあるので、「アッシャー家の崩壊」と「ライジーア」の近辺に置いてみた、ということである。また一定の物語性があるおかげで、その分だけは訳者が助かるという思惑もあった。これがもし「鐘」のような、ひたすらBells, bells, bells——という音の効果で勝負する作品であれば、「かね、かね、かね」でも「ベル、ベル、ベル」でも、訳者に不満がたまるだけだろう。

いや、右の二篇だけでも充分に不満はたまった。もちろん、詩に限らず、何かを訳してすっかり満足するということはあり得ないが、詩の場合には、その度合いがもどかしいほどに低いようだ。まず間違いなく、私が詩を訳そうと思い立つことは、「もはやない」。

またポーには文芸批評家の側面もあったので、本来なら文学論をいくつか訳してもよいのかもしれないが、そのあたりは解説の中で数点の評論および書評に言及するだけにとどめた。

今回訳した中での大物と言えるのは、いま名前を挙げた三つの短篇だろう。名高いのが「アッシャー家の崩壊」、ポー自身のお気に入りが「ライジーア」、よく読まれているのが「黄金虫」というところか。

芸術性では前二者に軍配が上がるだろうが、ポーの存命中から最も人気作となったのは「黄金虫」だったようで、それもまた無理はないと訳してみて実感した。これだけ明るさとユーモアを感じさせる作品は、ポーにしてはめずらしいと言ってよいだろう。夜の場面が多いのに、色調として暗くない。暗闇と黄金の色の取り合わせがよいのだろうか。

またポーを訳す場合に、方言はほとんど気にしなくてよい問題だが、その意味でも「黄金虫」は例外に属する。ジュピターの口調をどのように処理するか。言葉遣いのせいで愚かしいだけの引き立て役と思われてしまってはつまらない。この作品は、「アッシャー家の崩壊」、「ライジーア」、また前回に訳した「黒猫」や「ウィリアム・ウィルソン」のような、最後の場面で切り札というべき圧倒的なイメージを繰り出せる構成とは違って、緊張の山場は中盤にあり、そこから静かにぴんと張った力を持続させなければならない。ほとんど狂気のレグランド、常識人の語り手、とぼけたジュピターの三人が、それぞれの役柄を演じて宝探しの場面を盛り上げ、まず読者を物語に引きずり込んでおいてこそ、理詰めの謎解きにも耳を傾けてもらえることになるだろう。

翻訳小説では、昔からの習慣のように、方言の語り口を東北弁もどきに仕立てて日本語化することが行なわれた。さすがに最近では廃(すた)れつつある方法だが、完全に消えたわけではない。従来の翻訳をいくつか見ると、やはり東北弁らしきものの採用例が目立っている。しばらく東北弁をしゃべらせてから、なぜか知らないが、いきなり九州弁に切り替えるという荒業を見せた訳もある。

できることなら、どこの地域性にも寄りかからずに、しかも方言であるということを示せるような言葉遣いが望ましいが、それは新しい方言を一つ作るほどに難しいことだ。どの訳者にとっても試行は続くだろう。ともかく地域差ではなく階層差による区別を心がけるのが原則だと思う。私の場合は、よく落語に出てくる飯炊きの権助(ごんすけ)くらいの見当で、なるべく東北に寄りすぎないように気をつけている。もう江戸に出て長くなったような権助――。ジュピターもそれでよいと思った。そう決めてしまえば、男三人の場面で一人だけ異質なしゃべり方をする人物がいると、それだけ書き分けが容易になってありがたい。

いま二冊目のポーを訳し終えて、目次を見ながら気づいたことがある。詩を除いての話だが、翻訳にひどく手間がかかったのは、目次の右に寄った「アッシャー家の崩壊」と「ライジーア」、意外に早く進んだのが左寄りの「盗まれた手紙」と「黄金虫」、あとは似たように中間的だった。

一つの大きな原因は前二者の文体が凝ったもので、古めかしい世界の雰囲気を出そうとしているからだろう。翻訳作業は予想どおりに難航した。固い岩盤にぶち当たったトンネル工事、前方の氷塊に押し返される砕氷船、というような自分では全然知らない世界のことを比喩にして言いたくなる。岩盤や氷塊に泣かされて、アッシャー家よりも訳者の精神が崩れかけ、「あっしゃあ、崩壊しそうだ」と何度も思っていた。

だが、はるか彼方から「どうだ、難しいだろう」と（なぜか日本語で言って）訳者を押してくる幻覚の声は、ポーの地声というよりは、演技として作った声のようにも思えた。あまり断定はしたくないが、恐怖を中心とする作品では、ポーは重々しい古風な文章を書きたがるのではなかろうか。ところが謎解き中心の作品では、より普通の声でしゃべっているような差を感じた。ということは、そういう作品では、へんに日本語をひねくらないほうがよい。やや思いきった感想を言えば、恐怖のポーは時代小説作家で、推理のポーは現代小説作家だったのかもしれない。そして自意識としては比較的初期の「アッシャー家の崩壊」「ライジーア」あたりを傑作と考えていながら、徐々に後者の傾向を強めていったのではないか。たとえ恐怖ものであっても、翻訳者から見れば後期の作品のほうが扱いやすい気がする。

もう一つ、推理ものが進めやすかった原因は、訳者への気分的な安心材料があったということだろう。意味が明らかになって終わる性質の作品なら、いくらか落ち着いて向き合える。外国語の文章というわけのわからないものを前にして、羊皮紙を見たレグランドのようなことが言えるなら、すなわち「この文字列が暗号になっているということは、誰が見てもわかるだろう――つまり、意味があるんだ」と言えそうなら、解き明かす作業も少しは楽に感じられよう。翻訳とは、書かれた文字列を手がかりにして、現場の状況を再現できるように推理するもの。そんな感覚を十年前にもポーから教わったのだと記憶するが、今回もまた、そういうことを忘れるなと言われたように思う。もちろん現場のすべてを再現できるはずもなく、レグランドの最後のセリフのように、「そこまではわからないね」と言わざるを得ないこともある。

また暗号であるからには、本来は隠れた意味を引き出すことに徹するべきなのだが、たまには欠落部分を補わないと意味が通じないこともある。今回は一カ所だけ、「黄金虫」の中で、反則すれすれの小技を使った。これに意訳だの超訳だのという心ない言葉を浴びせられる前に、こちらから手口を明かすことにする。

レグランドが語り手に向けて虫の説明をしていると、ジュピターが料理の手を止めて文句を言う場面がある（二〇四ページ）。

「触角は長いもの――」

「まがい、い、ものじゃねえです」ジュピターが口を出した。「さっきから言ってるのに、旦那――ありゃ混じりっ気なしの金無垢ですよ」

最初の行を原文のままに文字化するなら「触角は――」としか書けない。レグランドは“The *antennae* are ―”とまで言って、ジュピターに遮られている。触角(アンテナ)(antenna)の複数形が「アンテニー“antennae”」だが、その一部分をジュピターが聞き違えて、「錫(ティン)“tin”」（または形容詞のティニー“tinny”かもしれない）と思い込み、あれは錫(すず)の合金などではないと言った。

こういう洒落になっている箇所を訳すとしたら、とるべき道は二つに一つ。そのまま文字にして訳注でもつけるか、どうにかして新しい洒落をでっち上げるか。もし可能なら後者の道を行きたい。ここで大事なのは「錫」という単語そのものではなく、ジュピターが勘違いをしたとわかるようにすることだ。おそらくポー自身も「錫」にこだわりはなかったろう。錫でも鉛でも、とにかく虫の特徴から金属の話に持っていければよかったはず。そう思って日本語でも聞き違いを成立させようとした結果として、「長いもの」と「まがいもの」を組み合わせた。

この虫の触角がどれだけ長いのか不明だが、絵に描いた虫には触角がないと言われたレグランドは、「はっきり見えるだろうに」（二〇七ページ）と言い返す。そのくらいには大きかったろう。ただし、右の訳文では、長いもので「ある」とも「ない」とも言っていない――念のため。

たしかに正攻法ではないかもしれないが、ポーやホーソーンの言い方を借りれば、こんなものが「罪」になるとは思わない。もし翻訳上の「罪」があるとしたら、たとえば「大人向け」「子供向け」といったような、原作とは無関係の出版意図を持ち込むことだろう。もし原作の「心の真実から外れたら許されざる罪を犯すことになる」

のだが、文芸翻訳にあっては「相当程度にまで翻訳家の選択ないし創作に関わる条件のもとで」訳してもよいのだと考えたい。

その結果がどういう出来になるのかはともかく、古いものに取り組むことは訳者にとっての修業になる。古い時代に書かれた文字列を、いま別の言語媒体で復活させようというのだから、いわばライジーアの魅力をできるだけ残しながら、新しくロウィーナとして愛そうとするようなもの。どっちかわからなくなったものが、ぬっと立ち上がって歩き出すくらいの錯覚を産み出せたら、翻訳としては理想であろう。そんなことがあり得るなら。

本書収録の「群衆の人」に、ハンセン病を指す文脈のなかで「業病」という表現が用いられています。本篇が成立した一八四〇年当時、この病気は伝染性の強い病とみなされ、患者は社会から排斥されたり隔離されたりするなど差別的な生活を強いられていました。また第二次世界大戦後、特効薬が普及し完全回復が可能になったのちも、日本では平成八年（一九九六年）に「らい予防法」が廃止されるまで、同様の政策が残っていたのはご承知のとおりです。現在ではハンセン病と表記しますが、作品の時代背景および文学的な意味を尊重して、当時の言葉を使用しました。

また、「黄金虫」には、「黒人の顔が蒼白になるという理屈があり得るなら……」という、特定の人種に対する不快とされる表現があります。これは本篇が成立した一八四三年当時のアメリカの社会状況と未熟な人権意識に基づくものですが、作品の文学的価値に鑑み、原文に忠実に翻訳しています。それが今日も続く人権侵害や差別問題を考える手かがりとなり、ひいては作品の歴史的・文学的価値を尊重することにつながると判断したものです。差別の助長を意図するものではないということをご理解ください。

編集部

アッシャー家の崩壊／黄金虫

著者　ポー
訳者　小川 高義

2016年5月20日　初版第1刷発行

発行者　駒井 稔
印刷　萩原印刷
製本　ナショナル製本

発行所　株式会社光文社
〒112-8011東京都文京区音羽1-16-6
電話　03（5395）8162（編集部）
03（5395）8116（書籍販売部）
03（5395）8125（業務部）
www.kobunsha.com

ISBN978-4-334-75331-3 Printed in Japan

いま、息をしている言葉で、もういちど古典を

長い年月をかけて世界中で読み継がれてきたのが古典です。奥の深い味わいある作品ばかりがそろっており、この「古典の森」に分け入ることは人生のもっとも大きな喜びであることに異論のある人はいないはずです。しかしながら、こんなに豊饒で魅力に満ちた古典を、なぜわたしたちはこれほどまで疎んじてきたのでしょうか。

ひとつには古臭い教養主義からの逃走だったのかもしれません。真面目に文学や思想を論じることは、ある種の権威化であるという思いから、その呪縛から逃れるために、教養そのものを否定しすぎてしまったのではないでしょうか。

いま、時代は大きな転換期を迎えています。まれに見るスピードで歴史が動いていくのを多くの人々が実感していると思います。

こんな時わたしたちを支え、導いてくれるものが古典なのです。「いま、息をしている言葉で」——光文社の古典新訳文庫は、さまよえる現代人の心の奥底まで届くような言葉で、古典を現代に蘇らせることを意図して創刊されました。気取らず、自由に、心の赴くままに、気軽に手に取って楽しめる古典作品を、新訳という光のもとに読者に届けていくこと。それがこの文庫の使命だとわたしたちは考えています。

このシリーズについてのご意見、ご感想、ご要望をハガキ、手紙、メール等で翻訳編集部までお寄せください。今後の企画の参考にさせていただきます。
メール　info@kotensinyaku.jp

光文社古典新訳文庫　好評既刊

光文社古典新訳文庫　好評既刊

緋文字
ホーソーン／小川 高義 訳
17世紀ニューイングランド、姦通の罪で刑台に立つ女の胸には赤い「A」の文字。子供の父親の名を明かさない女を若き教区牧師と謎の医師が見守っていた。アメリカ文学の最高傑作。

書記バートルビー／漂流船
メルヴィル／牧野 有通 訳
法律事務所で雇ったバートルビーは決まった仕事以外の用を頼むと「そうしない方がいいと思います」と拒絶する。彼の拒絶はさらに酷くなり……。人間の不可解さに迫る名作二篇。

ビリー・バッド
メルヴィル／飯野 友幸 訳
18世紀末、商船から英国軍艦ベリポテント号に強制徴用された若きビリー・バッド。誰からも愛された彼を待ち受けていたのは、邪悪な謀略のような運命の罠だった。（解説・大塚寿郎）

1ドルの価値／賢者の贈り物 他21編
O・ヘンリー／芹澤 恵 訳
西部・東部・ニューヨークと物語の舞台を移しながら描かれた作品群。二十世紀初頭、アメリカ大衆社会が勃興し急激に変わっていく姿を活写した短編傑作選。（解説・齊藤 昇）

おれにはアメリカの歌声が聴こえる 草の葉（抄）
ホイットマン／飯野 友幸 訳
若きアメリカを代表する偉大な詩人ホイットマン。元気でおおらかで、気宇壮大、自由。時には批判を浴びながらも、アメリカという国家のあるべき姿を力強く謳っている。

★続刊

資本論第一巻草稿——直接的生産過程の諸結果　マルクス／森田成也・訳

『資本論』入門シリーズ第二弾。経済学史上もっとも革新的な理論を確立したマルクスが自らの剰余価値論を総括し、資本の再生産と蓄積、資本の生産物としての商品生産について考察する。『資本論』を理解するうえでの重要論考。詳細な解説付き。

水の精（ウンディーネ）　フケー／識名章喜・訳

森で道に迷った騎士フルトブラントは、湖の岸辺に立つ漁師小屋で、可憐にして妖艶、無邪気で気まぐれな美少女ウンディーネと出会う。恋に落ちた二人は結婚しようとするが……。水の精と人間の哀しい恋を描いた、ドイツ・ロマン派の傑作。

笑い　ベルクソン／増田靖彦・訳

形や動作、言葉や性格などのおかしさによって引き起こされる「笑い」について哲学的に考察し、「笑い」が生まれる構造とその社会的な意味を解明する。ベルクソン哲学のなかで異彩を放つ本書の特異性を「四大主著」との関連で読み解く（解説）。